# Schweigen

Theodor Storm

copyright © 2023 Culturea éditions
Herausgeber: Culturea (34, Hérault)
Druck: BOD - In de Tarpen 42, Norderstedt (Deutschland)
Website: http://culturea.fr
Kontakt: infos@culturea.fr
ISBN:9791041949113
Veröffentlichungsdatum: FEBRUAR 2023
Layout und Design: https://reedsy.com/
Dieses Buch wurde mit der Schriftart Bauer Bodoni gesetzt.
Alle Rechte für alle Länder vorbehalten.
ER WIRT MIR GEBEN

Es war ein niedriges, mäßig großes Zimmer, durch viele Blattpflanzen verdüstert, beschränkt durch mancherlei altes, aber sorgsam erhaltenes Möbelwerk, dem man es ansah, daß es einst für höhere Gemächer angefertigt worden, als sie die Mietwohnung hier im dritten Stock zu bieten hatte. Auch die schon ältere Dame, welche, die Hand eines vor ihr stehenden jungen Mannes haltend, einem gleichfalls alten Herrn gegenübersaß, erschien fast zu stattlich für diese Räume.

Das zwischen den drei Personen herrschende Schweigen war einer längeren Beratung gefolgt, welche Mutter und Sohn soeben mit ihrem langjährigen Arzte gehalten hatten. Veranlassung zu dieser mochte der Sohn gewesen sein: denn obwohl von hohem, kräftigem Wuchse gleich der Mutter, zeigten die Linien des blassen Antlitzes eine der Jugend sonst nicht eigene Schärfe, und in den Augen war etwas von jenem verklärten Glanze, wie bei denen, welche körperlich und geistig zugleich gelitten haben.

»Du gehst, Rudolf?« sagte die Mutter, während der Zug eines rücksichtslosen Willens, der sonst ihren noch immer schönen Mund beherrschte, einer weichen Zärtlichkeit gewichen war.

Der Sohn neigte sich auf ihre Hand und küßte sie ehrerbietig. »Nur meine noch immer vorgeschriebene Stunde, Mutter.« Dann grüßte er freundlich nach dem alten Herrn hinüber und verließ das Zimmer.

Fast leidenschaftlich, als könne sie ihn allein nicht gehen lassen, waren die dunkeln Augen der Mutter ihm gefolgt; schweigend starrte sie auf die wieder geschlossene Zimmertür, während ihr Ohr lauschte, bis die Schritte in dem Unterhause verhallt waren.

Der alte Arzt hatte seinen Blick, in dem die Gewohnheit ruhigen Beobachtens unverkennbar war, eine Weile auf ihr ruhen lassen; jetzt ließ er ihn durch die offene Tür eines anstoßenden Zimmers über die in Öl gemalten Bildnisse einiger stern- und bandgeschmückten Herren wandern, welche dort samt ihren geschwärzten Goldrahmen eine Unterkunft gefunden hatten. Aber ein Seufzer, der der Frauenbrust entstieg, als ob eine schwere Gedankenreihe dadurch abgeschlossen würde, wandte seinen Blick zurück. »Mein Sohn!« murmelte die Dame schmerzlich und streckte beide Arme nach der Tür, durch welche dieser fortgegangen war.

Der Arzt rückte seinen Stuhl neben ihren Sessel. »Beruhigen Sie sich, gnädige Frau«, sagte er beschwichtigend, »Sie haben ihn ja wieder.«

Sie blickte ihn rasch und durchdringend an: »Ist das Ihr Ernst, Doktor? Habe ich ihn wirklich wieder? Wird sie Bestand haben, diese Heilung?«

»Ich bin nicht Spezialist, sondern nur Ihr Hausarzt«, erwiderte der alte Herr; »aber nach dem Schreiben des dirigierenden Arztes auch ist hier eine äußere Ursache unverkennbar: Ihr Rudolf hatte erst eben die Akademie verlassen; die Verantwortlichkeit des Amtes war bei seiner zarten Organisation denn die hat er trotz seines kräftigen Baues zu unvermittelt über ihn gekommen; ich entsinne mich ähnlicher Fälle aus meiner Praxis.«

Die Frau Forstjunkerin von Schlitz auf dieser Titelstufe hatte ihr früh verstorbener Gemahl die Dame mit ihrem einzigen Kinde zurückgelassen blickte eine Weile vor sich hin. »Ja, ja, Doktor«, sagte sie dann, und ihr Ton war nicht ohne Bitterkeit, »des Herrn Grafen Exzellenz, dem mein Sohn so glücklich ist zu dienen je mehr ihm Gold und Ehren zufließen, desto unersättlicher verlangt er auch die letzte Kraft des Menschen, und seine Forstbeamten Wege- und Brückenbauen ist noch das mindeste, was sie außer ihrem Fach verstehen sollen. Aber die ähnlichen Fälle, deren Sie erwähnten, wie wurde es damit?«

»Es wurde dann nichts weiter«, erwiderte der Arzt; »sie waren beide nur vorübergehend.«

»Und die Verhältnisse waren ähnlich?«

»Ganz ähnlich; nur daß dort nicht ein Amt, sondern in beiden Fällen ein verwickeltes Kaufgeschäft auf junge, ungeübte Schultern fiel. Eines freilich, was ich nicht gering anschlagen möchte, ja was wohl erst die Heilung sicherstellte, war dort anders.«

»Und was war dieses eine?« unterbrach die Dame, die ihm die Worte von den Lippen las.

»Es ist nicht eben unerreichbar«, sagte der alte Herr lächelnd; »von meinen dermaligen Patienten war der eine eben verheiratet, der andere heiratete gleich darauf.«

»Verheiratet!« fast wie eine Enttäuschung klang dieser Ausruf »Sie sagen das so leichthin, Herr Doktor; aber ich habe bei meinem Sohne kaum jemals eine Neigung noch entdecken können; freilich einmal in den Ferien bei ihrem Liebhabertheater Sie entsinnen sich wohl der schlanken, schwarzäugigen Baronesse? Sie hatte ihn einmal, da er in der Probe steckenblieb, so boshaft ausgelacht!«

Der Doktor streckte abwehrend beide Hände aus: »Nein, nein, Frau Forstjunker; solche Damen, erste Liebhaberinnen auf der Bühne, Amazonen zu Pferde, die sind hier nicht verwendbar. Ein deutsches Hausfrauchen, heiter und verständig; nur keine Heroine!«

Frau von Schlitz schwieg. Während der Doktor dieses Thema eingehender behandelte, stand die Gestalt eines blonden Mädchens vor ihrem inneren Auge: aus der geißblattumrankten Gartenpforte eines ländlichen Pfarrhauses war sie ihr entgegengetreten; so hoch fast wie sie selber, und doch als ob sie mit den vertrauenden Augen zu der älteren Frau emporblicke; dann wieder sah sie das Mädchen in der engen, aber sauber gehaltenen Kammer, wie sie mit ihren kleinen, festen Händen neben dem eigenen Bette ein halb gelähmtes Brüderchen in die Kissen packte und nach fröhlichem Gutenachtkuß gleich wieder helfend zu der Mutter in die Küche eilte; und wiederum vor einen Kinderwagen hatte das schlanke Mädchen sich gespannt; der Wagen war voll besetzt, und es ging durch den tiefen Sand eines Feldweges; mitunter entfuhr ein lachendes »Oha!« den frischen Lippen, und sie mußte stillehalten; die gelösten Haare aus dem geröteten Antlitz schüttelnd, kniete sie plaudernd zu der kleinen Fahrgesellschaft nieder; aber überall mit ihr waren die schönen, gläubigen Augen und ihre reine, heitere Stimme.

Der Doktor wollte sich zum Gehen rüsten; doch die Frau vom Hause, die eben aus ihrem Sinnen aufsah, legte die Hand auf seinen Arm. »Nur noch eine Frage, lieber Freund; aber antworten Sie mit Bedacht! Würden Sie einem so Geheilten Ihre Tochter zur Ehe geben?«

Der Doktor stutzte einen Augenblick. »Der Fall, gnädige Frau«, sagte er dann, »müßte wenigstens möglich sein, um Ihnen hierauf antworten zu können ; Sie wissen, daß ich keine Tochter habe.«

Die Dame richtete sich mit einer entschlossenen Bewegung in ihrer ganzen Gestalt vom Sessel auf. »N'importe!« rief sie, die geballte Hand gegen die Tischplatte stemmend. »Ich habe nur den Sohn und sonst nichts auf der Welt!«

Der Arzt blickte sie fragend an, aber nur einen Augenblick; jene Worte lagen jenseit der Grenze seiner Pflicht; er empfahl nur noch, die letzten Wochen des dem Sohne gewährten Urlaubs zu einer Herbstfrische auf dem Lande zu benutzen.

Frau von Schlitz nickte. »Ich dachte eben daran«, sagte sie leichthin. Kaum aber hatte hinter dem Fortgehenden sich die Tür geschlossen, als sie schon in dem anstoßenden

Zimmer an ihrem Schreibtische saß, über dem das Bildnis ihres Vaters in der roten Kammerherrnuniform auf sie herabsah.

»Meine gute Margarete«... diese Worte waren mit fliegender Feder aufs Papier geworfen; denn jenes blonde Mädchen war kein bloßes Phantasiebild: es war die Tochter einer Jugendbekanntschaft, der Gattin eines Landpfarrers, in dessen Hause sie auf dem Wege nach Rudolfs amtlichem Wohnorte im Frühling eingekehrt und aufs dringendste zu längerer Wiederholung ihres Besuches nebst ihrem Sohne eingeladen war.

Aber der rasch geschriebenen Anrede folgte zunächst nichts Weiteres; war es der Schreiberin doch, als habe plötzlich die Hand der hübschen Baroneß sich auf die ihrige gelegt. Langsam lehnte sie sich zurück; ein Strom erwünschter Bilder und Gedanken zog an ihr vorüber; gewiß, das übermütige, nur noch kurze Zeit von einem Vormunde abhängige Kind würde gar gern ihr Freifrauenkrönchen gegen den schlichteren Namen einer Frau von Schlitz vertauschen. Rudolf und dieses Mädchen! Sie hob sich unwillkürlich von ihrem Sessel; ihr war, als würden vor einem kerzenhellen Saal die Flügeltüren aufgerissen und sie schreite als Mutter neben dem prächtigen Paare hindurch. Aber der Doktor! Die stolze Frau sank düster in sich zusammen; der Doktor hatte ja nur ausgesprochen, was sie in ihren eigenen Gedanken längst auf und ab erwogen hatte. Ja, wenn das Letzte nicht gewesen wäre! Eine Angst vor der Zukunft, eine furchtbare Vorstellung überfiel sie. »Mein Sohn! Mein Kind!« Es kam wie ein lauter Aufschrei aus ihrer Brust; und als habe sie sich selbst aus einem Traum erweckt, blickte sie unsicher und mit großen Augen um sich: »Gott sei gelobt; er selber weiß es nicht, an welchem Abgrund er gestanden hat.«

Bald hatte sie sich gefaßt; es mußte sein, es mußte gleich geschehen. Flüchtig streiften ihre Augen über das kalte Antlitz, das im Bilde auf sie herabsah; dann schrieb sie in kräftigen Zügen und mit Bedacht den Brief an die Frau Pastorin zu Ende.

Seit drei Wochen waren Mutter und Sohn nun auf dem Dorfe; ein eigenes Quartier zwar hatten sie in der Küsterwohnung gefunden, im übrigen aber gehörten sie bei den gastfreien Pfarrersleuten fast wie zur Hausfamilie. Rudolf war sichtbar gekräftigt; seine Wangen hatten sich gebräunt, Aug und Ohr begannen wieder ein heiteres Begegnen mit allem, was er in Haus und Feld auf seinem Wege traf. Dazu hatte nicht nur die Gegenwart der anmutigen Pfarrerstochter, sondern fast nicht weniger das tüchtige Wesen des Pfarrers selbst geholfen, der es meisterlich verstand, was er »ein Schwachgefühl« zu nennen liebte, mit schelmischen Worten aus den geheimsten Winkeln aufzujagen. So war denn auch in den hell getünchten Zimmern des Pfarrhauses wenig davon zurückgeblieben ; nur die Frau Pastorin mochte sich wohl einmal, vielleicht zur Erholung von all der Kinder- und Küchenwirtschaft, eine sentimentale Anwandlung zu Gemüte führen, wobei sie dann ihren Redeschmuck den zwei einzigen Opern, welche sie in ihrem Leben gesehen hatte, dem »Freischütz« und der Weiglschen »Schweizerfamilie«, zu entlehnen pflegte. Wenn aber der Pfarrer nach einer Weile ruhigen Gewährenlassens wie in gutherziger Teilnahme sich ihrer Hand bemächtigte: »Mutter, ist heut wohl Emmelinentag?«, dann flog freilich ein Wölkchen leichten Mißbehagens über ihr braves Angesicht, bald aber mußte sie doch selber lachen und war wieder daheim in der Luft ihres werktätigen Hauses.

Auch Rudolf mußte sich bald diese freundliche Überwachung gefallen lassen. Eines Nachmittags, als eben die Septembersonne ihr letztes Abendgold über die Wände des gemeinsamen Wohnzimmers warf, hatte er das alte Klavier zurückgeklappt und ließ nun eine der schwermütigen Notturnoklagen des von ihm vielgeliebten und studierten Chopin in den sinkenden Tag hinausklingen. Der Pastor, durch das meisterhafte Spiel aus seiner Studierstube hervorgelockt, hatte sich leise hinter seinen Stuhl gestellt und verharrte so in aufmerksamem Lauschen bis ans Ende; dann aber legte er schweigend die Haydnsche G-Dur-Sonate mit dem Allegretto innocente aufs Pulpet, die er schon bei seinem Eintritt in der Hand gehalten hatte. Rudolf blickte auf und um, und da er den Pastor erkannte, nickte er gehorsam, schüttelte wie zur Ermunterung noch ein paarmal seine geschickten Hände, und bald erklangen die heiteren Fiorituren des unsterblichen Meisters und füllten das Zimmer wie mit Vogelsang und Sommerspiel der Lüfte. »Bravo, junger Freund!« rief der Pfarrer, der wie alle andern, die Frau Forstjunkerin nicht ausgeschlossen, mit entzücktem Angesicht gelauscht hatte ; »das hat rote Wangen; wir haben kaum gemerkt, wie Sie uns durch die Dämmerung hindurchgespielt haben. Nun aber Licht! Die Schneiderstunde ist zu Ende!«

Die zehnjährige Käthe lief hinaus; Anna aber, als wollte sie sich zu ihm emporstrecken, hatte sich dicht an die Schulter des kräftigen Vaters gestellt und blickte mit aufmerkendem Lächeln zu ihm auf; es war recht sichtbar, daß die beiden eines Blutes waren.

Ein freundlicher Verkehr, dem es bald an einer verschwiegenen Innigkeit nicht fehlte, hatte zwischen Rudolf und dem blonden Mädchen schon vom ersten Tage an begonnen, wo noch das blasse Antlitz des Genesenden die Schonung der Gesunden anzusprechen schien; durch die scheue Jungfräulichkeit des Mädchens war wie aus der Knospe etwas von jener Mütterlichkeit hervorgebrochen, in deren Obhut auch der Mann am sichersten von Leid und Wunden ausruht. Wenn aus der überwundenen Nacht noch ein Schatten ihn bedrängen wollte, wenn vor der nächsten Zukunft eine Scheu ihn anfiel, dann suchte er unwillkürlich ihre Nähe, und wo er sie immer antreffen mochte, im Garten oder in der Küche, die Welt erschien ihm heller, wenn er auch nur das Regen ihrer fleißigen Hände sehen konnte. Oft aber, wenn sie eben beisammen waren, hatten schon die ahnenden Augen des Mädchens ihn gestreift, und bald mit stillen, bald mit neckenden Worten ließ sie ihm keine Ruhe, bis er im frischen Tageslichte vor ihr stand.

Frau von Schlitz hatte anfangs beobachtet; dann hatte sie die jungen Leute sich selber überlassen. Gewiß, wenn irgend eine, so war dies die Frau, wie sie der Doktor ihrem Sohn verordnet hatte!

Übrigens war Rudolf nicht der einzige junge Mann, welcher sich eines Verkehres mit dem Mädchen zu erfreuen hatte: ein entfernter Vetter, ein hübscher Mann mit treuherzigen braunen Augen, der hier im Hause »Bernhard« genannt wurde und sich mit Anna duzte, kam an den Sonntagnachmittagen von seinem nicht allzu fernen Hof herübergeritten. Die beiden jungen Männer hatten sich bald als Schulkameraden aus den unteren Klassen des Gymnasiums erkannt, und Rudolf fand, je kräftiger er wurde, an Bernhards frischem Wesen immer mehr Gefallen. Desto geringeres Glück machte dieser bei Rudolfs Mutter, die ihn sichtlich, freilich ohne ihn dadurch zu beirren, von oben herab behandelte; denn nur ihrem Auge war es nicht entgangen, daß auch der junge Hofbesitzer der blonden Pfarrerstochter eine ebenso stille als geflissentliche Verehrung widmete.

Eines Nachmittags war Bernhard zu Wagen und selbander angelangt; seine Schwester Julie, die ihm den Haushalt führte, saß an seiner Seite. »Das freut mich!« rief der Pastor, als er das frische Mädchen gleich darauf der Frau von Schlitz entgegenführte; »dieses Prachtkind mußten Sie noch kennenlernen!«

Aber die Dame blickte mit ziemlich kühlen Augen auf das »Prachtkind«, deren Antlitz nur zu sehr die Züge ihres Bruders zeigte; und die stürmische Begrüßung der von Anna herbeigeholten Kinder kam zur rechten Zeit.

Eine Stunde später, da sie mit der Pastorin am Fenster saß, sah Frau von Schlitz die beiden jungen Paare, Bernhard mit Anna und hinter diesen Rudolf mit der braunen Julie, auf einem Feldwege dem nahen Walde zuschreiten. Die Pfarrfrau, die sich heute ihre Freischützphantasien gönnte, hatte den noch einmal rückschauenden Mädchen lebhaft zugenickt. »Nicht wahr, Fernande«, wandte sie sich jetzt an ihre Jugendfreundin, »ich sage immer: ›Ännchen und Agathe‹. Nun hat das Ännchen gar einen Max zur Seite, um ihm die Grillen wegzuplaudern!«

Die Angeredete nickte nur, ohne die Augen von der Gruppe draußen abzuwenden, welche jetzt durch eine Biegung des Weges ihrem Blick entzogen wurde; sie wußte selbst nicht, war es Zorn oder ein Gefühl der Demütigung, das sie bedrängte; aber gewiß, die Schwester war heute nicht ohne Absicht von dem Bruder mitgenommen worden!

Es kam doch anders, als ihr Scharfsinn, vielleicht auch, als Bernhard selber es gedacht hatte. Zum ersten Male sah Rudolf sich in Annas Gegenwart zu einer anderen gezwungen, und wiederum, als ob sich das von selbst verstehe, hatte sich zu ihr ein junger Mann gesellt, der nicht er selber war. Schweigend folgte er dem andern Paare an der Seite seiner hübschen redseligen Partnerin; seine Augen hingen an der schlanken Gestalt der Voranschreitenden, an der anmutigen Biegung ihres Nackens, über dem im Herbsthauche die goldblonden Härchen wehten, während ihr Antlitz sich in freundlicher Wechselrede dem jungen Landmann zuwandte. Eine brennende Sehnsucht ergriff ihn; ja, er konnte sich nicht verhehlen, ein Groll war in ihm aufgestiegen, er wußte nicht, ob nur gegen Bernhard oder ob auch gegen sie, die Schöne, Ungetreue selber.

»Was denken Sie doch einmal, Herr von Schlitz?« sagte plötzlich das muntere Mädchen, das an seiner Seite schritt. »Sollte nicht auch ein Bröcklein für mich dazwischen sein?«

Er sah sie flüchtig an. »Vielleicht«, erwiderte er langsam, »daß man Ihnen, Fräulein Julie, keine Brocken bieten dürfe.«

Sie lachte; sie hatte es längst heraus, daß sie ihm nicht die Rechte sei, und das Gespräch wandte sich in zierlich spitzen Reden weiter, die bald lebhaft hin und wider flogen. Als aber Anna jetzt den Kopf zurückwandte, da traf sie ein so leidenschaftlicher Blick aus Rudolfs Augen, daß ein helles Rot ihr über Stirn und Wangen schoß. Verwirrt, das Haar sich langsam von der Stirne streichend, blickte sie ihn an. »Ihnen ist doch wohl, Herr

Rudolf?« frug sie stockend; die offenen Lippen schienen kaum zu wissen, was sie sprachen. Auch war die Frage, wenn nicht ohne Grund, doch jedenfalls zu früh gestellt; denn erst jetzt, wie von innerer Erschütterung, erblaßte das Gesicht des jungen Mannes.

Als aber statt seiner die muntere Freundin der Vorangehenden zurief: »Wen meinst du, Anna? Doch nicht Herrn von Schlitz? Dem ist sehr wohl; er mag nur seine Schätze nicht verschwenden!«, da hatte Rudolf es gewagt, sich nur noch tiefer in die blauen Augen zu versenken. »Sehr wohl!« sagte dann auch er, die beiden Worte leis betonend ; und das jungfräuliche Antlitz, das wie gebannt ihm stillgehalten hatte, lächelte und wandte sich zurück, und Rudolf sah noch einmal die tiefe Purpurglut es überströmen.

In träumerischer Hingebung lauschte er jetzt dem reinen Klange ihrer Stimme, wenn sie auf Bernhards Fragen über die soeben erreichte Holzung diesem jede Auskunft zu erteilen wußte.

Freilich wurde dieser Stimmung bald ein Dämpfer aufgesetzt; denn seine Hoffnung, auf dem Rückwege nun an Annas Seite zu gehen, wurde nicht erfüllt; geflissentlich, wie ihm nicht entgehen konnte, hatte sie sich zu Bernhards Schwester gesellt; ja, die beiden Mädchen enteilten ihnen bald völlig, wie sie angaben, um den gestrengen Herren die Abendmahlzeit anzurichten.

Einsilbig folgten diese; beide schienen ganz den eigenen Gedanken nachzuhängen; um der Mahlzeit willen hätten die Mädchen nicht zu eilen brauchen.

Nach dem Abendessen waren die auswärtigen Gäste fortgefahren, und auch Rudolf und seine Mutter, von Anna und dem Pfarrer vor die Haustür geleitet, nahmen Abschied und schritten durch die kühle Herbstnacht ihrer Wohnung zu. Schon hatten sie den kleinen Vorgarten des Küsterhauses betreten, als es der Mutter einfiel, daß sie eine notwendige Bestellung an die Frau Pastorin vergessen habe; aber vielleicht war es ja noch nicht zu spät, und Rudolf machte sich auf den Rückweg, um wo möglich das Versäumte nachzuholen.

Unter den Strohdächern der Bauernhäuser, welche an der Dorfstraße lagen, war schon alles dunkel, manche verschwanden ganz in dem Schatten ihrer alten Bäume; nichts regte sich als oben in der Höhe das stumme Blitzen des nächtlichen Septemberhimmels, und fernher, von drüben aus der Holzung, klang das Schreien eines Hirsches. So hatte Rudolf es in den Nächten nach seinem Amtsantritte in seiner einsam belegenen Försterwohnung auch gehört; nun war er lange fern gewesen; aber bald, schon in den nächsten Tagen, mußte er dahin zurück. Da es abermals vom Wald herüberscholl, schritt er rascher, als ob er dem entgehen wolle, in das Dorf hinab.

Als er den Hof des Pfarrhauses betrat, sah er, daß auch dort schon alle Fenster dunkel waren; nur Anna stand noch auf der Schwelle vor der Haustür, auf derselben Stelle, von welcher sie vorhin den Fortgehenden nachgeblickt hatte. Er konnte sie bei dem hellen Sternenschimmer leicht erkennen; auch daß ihre Augen gesenkt waren und daß ihr blondes Haupt sich wie zur Stütze an den Pfosten des Türgerüstes lehnte.

Beklommen blieb er stehen, das Glück war wie ein Schrecken über ihn gekommen: nur sie und er, wie in der Einsamkeit des ersten Menschenpaares!

Doch auch als er dann tief aufatmend näher trat, blieb die Gestalt des Mädchens unbeweglich. »Fräulein Anna!« sagte er bittend und legte seine Hand auf ihre Hände, die gefaltet über ihren Schoß herabhingen.

Sie duldete es, als habe sie ihn hier erwartet, als ob sein Kommen sich von selbst verstehe; aber nur ein Zittern fühlte er durch ihre Glieder rinnen; ihre Augen, nach deren Blick er dürstete, erhob sie nicht.

»Ich bin es; Rudolf!« sagte er wieder. »Oder wollten Sie mir zürnen, Anna?«

Da hob sie das Haupt, es leise schüttelnd, von dem harten Pfosten und blickte mit unsäglichem Vertrauen zu ihm auf.

Und wie es dann geschehen, ob noch ein Laut von ihren Lippen oder nur der Nachthauch in den Gartenbäumen, nur das stumme Sternenfunkeln über ihnen seiner jungen Liebesscheu zu Hülfe kam, das haben sie später selbst nicht scheiden können; aber der Augenblick war da, wo er das Weib und sie den Mann in ihren Armen hielt.

Und als auch der vorüber, da sprachen auch sie jenes schöne törichte Wort, womit die Jugend den Sturz des Lebens aufzuhalten meint. »Ewig!« hauchte eins dem andern zu; dann gingen sie mit glänzenden Augen auseinander, Anna zu dem verkrüppelten Bruder in die Kammer, Rudolf unter dem blitzenden Sternenhimmel in die Nacht hinaus, als wollte er empfinden, wie er mit seinem Glücke frei in alle Ferne schweifen könne.

Als er endlich in das Küsterhaus zurückgekommen war, das wie die meisten Bauernhäuser hier auch während der Nacht unverschlossen blieb, vernahm er schon beim Eintritt in die Kammer die Stimme seiner Mutter aus dem anstoßenden Zimmer: »Ich habe nicht schlafen können, Rudolf; wo bist du denn so lang gewesen?«

Und da stand die notwendige Bestellung wieder vor ihm; er hatte ganz darum vergessen.

»Ist denn wenigstens alles in Ordnung?« rief die Mutter wieder. »Es mußte notwendig vor morgen früh bestellt sein.«

»In Ordnung, Mutter?« Und wie ein Jubel lachte es aus ihm heraus. »Ja, Mutter, schlaf nur, es ist alles jetzt in Ordnung!«

Am andern Morgen freilich, wo der Sohn mit seinem übervollen Herzen die Mutter am Frühstückstisch erwartet hatte, blieb dieser der Zusammenhang nicht mehr verborgen. Der Zweck des so entschlossen ausgeführten Besuches war somit erreicht, aber es schien fast, als habe er dadurch an seinem Werte eingebüßt; Frau von Schlitz saß da, als ob sie einen inneren Widerstreit zu schlichten habe. »Nun, Rudolf«, sagte sie endlich, da der Sohn wie bittend ihre beiden Hände faßte, »du hättest freilich andere Ansprüche machen dürfen; aber wir Frauen sind dankbarer als ihr Männer, und so wollen wir denn hoffen, das Mädchen werde sich dir um so mehr verpflichtet fühlen.«

Was Rudolf außer der mütterlichen Zustimmung aus diesen Worten hörte, konnte kaum nach seinem Sinne sein; aber er war zu glücklich, um dawider jetzt zu streiten. Und so gingen sie denn, als der Vormittag weiter heraufgerückt war, miteinander nach dem Pfarrhause; der Sohn mit beklommenem Atemholen, wie wer die Pforte seines Glückes noch erst öffnen geht, Frau von Schlitz mit einem Lächeln der Befriedigung das frohe Staunen der guten Pastorsleute vorgenießend.

Auch wurde bei Annas Mutter ihre Erwartung nicht so ganz getäuscht; aber immerhin war bei dieser doch wesentlich das romantische Forsthaus aus dem »Freischütz«, das vor dem entzückten Mutterauge stand: konnte es denn eine schönere Agathe als ihre blonde Anna geben? Der Pastor selbst war abwesend, er hatte auf einem der entlegensten Dörfer seines Kirchspiels eine Taufe zu vollziehen. Als er abends, da schon die Kinder in den Betten waren, heimkam, wurde auch bei ihm die Werbung angebracht; aber Rudolfs Mutter mußte es erleben, daß auf die bescheidenen Worte ihres Sohnes nur ein ernstes Schweigen des sonst so heiteren Mannes folgte. Vielleicht mochte es sich diesem wieder vor die Seele stellen, daß dem jugendlichen Bewerber, wie er es wohl scherzend schon für sich bezeichnet hatte, von der langen Weibererziehung noch etwas zwischen seinen braunen Locken klebe; vielleicht, daß er seine »königliche Tochter«, wie er sie in seinem Herzen nannte, einer sichereren Hand als dieser hätte anvertrauen mögen; am Ende mochte es gar Bernhard sein, den er dabei im Sinne hatte.

Auch Frau von Schlitz kam der Gedanke, und sie spürte schon den Antrieb, mit einigem Geräusche aufzustehen und ihrerseits die Unterhandlung kurzweg abzubrechen. Zum Glück begann der Pfarrer jetzt zu sprechen: es lag nicht in seiner Absicht, Hindernisse gegen Rudolfs Antrag aufzusuchen; er hatte sich nur sammeln müssen und tat jetzt ruhig eine und die andere Frage, welche nicht wohl unbeachtet bleiben konnten. Dann wurde Anna hereingerufen, und der Vater legte sein Kind an die Brust des ihm vor wenig Wochen noch völlig fremden Mannes; Frau von Schlitz aber ging an diesem Abend mit einem Unbehagen schlafen, über dessen verschiedene Ursachen sie vor sich selber jede Rechenschaft vermied.

Am Morgen, der dann folgte, erschien Rudolf nicht zum Frühstück; als die Mutter in seine Kammer ging, fand sie das Bett leer und augenscheinlich seit lange schon verlassen; erst nach einer weiteren Stunde trat er zu ihr in das Zimmer. Es war ihr nicht entgangen, daß seine Bewegungen hastig, daß ein unstetes Feuer in seinen Augen war; aber sie bezwang sich. »Du kommst wohl von einem weiten Spaziergange?« frug sie scheinbar ruhig.

»Ja, ja; ich bin recht weit umhergelaufen.«

»Aber dir ist nicht wohl! Du hast dich überanstrengt.«

»Du irrst, Mutter, ich bin kräftig wie je zuvor.«

»So sprich, was ist dir denn? Und laß mich nicht in solcher Angst!«

Rudolf war auf und ab gegangen; jetzt hielt er inne. »Mutter«, sagte er düster, »ich habe gestern übereilt gehandelt.«

Er wollte weitersprechen, aber die Mutter unterbrach ihn: »Du, Rudolf, übereilt? Das war nie deine Art! Und, gestern, sagst du? Gestern?«

Er nickte schweigend ; sie aber ergriff leidenschaftlich beide Hände ihres Sohnes: »Bereust du, Rudolf? Hat nur die Gegenwart des anderen Bewerbers dich so weit hingerissen? Wer weiß, du hättest vielleicht nur ein paar Tage noch zu warten brauchen ; und auch jetzt noch –«

»Mutter!« rief er heftig, und dann: »Ich weiß von keinem anderen Bewerber.«

Frau von Schlitz besann sich. »Nun wohl«, entgegnete sie trocken, wie durch den ungewohnten Ton gekränkt, »was willst du denn von deiner Mutter?«

»Sag mir nur eines«, begann er zögernd; »weiß man hier von meiner Krankheit, von meinem Aufenthalte in der Anstalt? Hat Anna davon gewußt?«

Frau von Schlitz atmete tief auf: »Sei ruhig, mein Sohn; auch für sie, wie für alle Welt, war es und es war ja auch in Wirklichkeit nichts anderes nur eine Reise zur Erholung von schwerem Nervenübel.«

Aber die Augen des Sohnes blieben düster. »Ich dachte es«, sagte er; »und nun liegt es zwischen mir und meinem Glück. Gott weiß es, in ihrer Nähe war jene furchtbare Erinnerung spurlos in mir verschwunden, und erst heute nacht, da ich vor Übermaß des Glücks nicht schlafen konnte, brach es jäh, wie ein Entsetzen, auf mich nieder. Wie soll ich jetzt noch zu ihr sprechen, und wird sie mir glauben können, daß ich nicht absichtlich sie betrogen habe?«

Die Mutter schwieg noch eine Weile, während die Augen des Sohnes angstvoll auf ihrem Antlitz ruhten. »Du hast recht, Rudolf«, begann sie dann nach rascher Überlegung; »vielleicht würde deine Braut es dir nicht glauben; oder wenn auch deine Braut, so würden später bei deiner Frau doch Zweifel kommen. Und nicht nur das: wir wissen, daß es eine Krankheit war, die, wie andere, gekommen und gegangen ist; aber Frauenliebe sieht leicht Gespenster, die das teure Haupt bedrohen; sie könnten mit euch gehen in euerer jungen Ehe.«

Rudolf hatte sich plötzlich aufgerichtet, aber er war totenblaß geworden. »Es ist noch keine Ehe«, sagte er; »noch kann sie ihre Hand zurücknehmen, die sie so arglos in die meine legte.«

»Zurücknehmen, Rudolf?« Frau von Schlitz zögerte ein wenig, bevor sie fortfuhr: »Hast du nie von Frauen gehört, die nur einmal lieben können und dann nie wieder? Ich möchte glauben, deine Braut gehört zu diesen.«

Die Worte klangen süß in seine Ohren, und in seinen Augen leuchtete es wie von einem Strahl des Glückes, dann aber schüttelte er den Kopf, daß das braune Haar ihm wirr um Stirn und Augen flog: »O Mutter; aber es ist dennoch Unrecht!«

Er hatte die Worte so laut hervorgestoßen, daß sie rasch zum Fenster trat, an dem ein Gartensteig vorüberführte. »Kein Unrecht!« sagte sie, sich wieder zu ihm wendend; »das einzige Rechttun liegt in deinem Schweigen; und überdies: was hast du zu verschweigen?«

Unentschlossen, in schwerem Sinnen stand er vor der Mutter, während ihre Augen gespannt auf seinem Antlitz ruhten. Als er noch immer schwieg, streckte sie ihm die Hand entgegen: »Ich will dich nicht drängen, Rudolf; eines nur versprich mir: heute noch zu schweigen und ohne Vorwissen deiner Mutter nicht daran zu rühren!«

Rudolf hatte noch nicht geantwortet, da pochte ein leichter Finger von außen an die Tür. Anna war halb verschämt hereingetreten und stutzte jetzt ein wenig, da sie so ernsthafte Gesichter vor sich sah; aber schon hatte Rudolfs Mutter das Wort an sie gerichtet: »Du suchst wohl deinen ungetreuen Bräutigam, mein liebes Kind; und recht hast du, er hätte lieber mit dir als mit der alten Mutter plaudern sollen!«

»Verzeihen Sie, Mama«, erwiderte das junge Mädchen lächelnd; »aber die Kinder lassen mir nicht Ruh, sie wollen alle ihren neuen Schwager sehen; Käthe ist mitgelaufen und lauert draußen, die andern stehen zu Hause vor der Tür; sie bettelten so lange, bis wir ihnen allen ihre besten Kleider angezogen hatten. Du gehst doch mit mir, Rudolf?« setzte sie mit gedämpfter Stimme dann hinzu, indem sie den Kopf zu ihrem Liebsten wandte und ihn voll mit ihren lebensfrohen Augen ansah.

Die Mutter lächelte, denn wie vor einem Morgenhauche sah sie die Wolke von des Sohnes Stirn verschwinden. »Nun, Rudolf?« sagte sie und streckte jetzt noch einmal ihm die Hand entgegen.

Er hatte die leis betonte Frage wohl verstanden; aber, die Augen auf seiner jungen Braut und mit der einen Hand die ihre fassend, legte er die andere mit festem Druck in die der Mutter.

»So geht, ihr Glücklichen!« sagte diese.

Sie gingen, und Frau von Schlitz lehnte sich wie ermüdet auf ihren Stuhl zurück. »Hübsch ist sie; zum mindesten hier, so zwischen Wald und Wiesen!« Halb lächelnd hatte sie es vor sich hin gemurmelt; dann stand sie auf, um ihre Morgentoilette zu vollenden.

Der Nachmittag des letzten Sonntags war herangekommen ; auch Mutter und Sohn sollten sich am andern Tage trennen: erstere, um sich in der Residenz in ihren niedrigen Zimmern einzuwintern, Rudolf, um nach langer Frist in sein leeres Försterhaus zurückzukehren, das er bis zum Frühjahr noch allein bewohnen sollte; am folgenden Tage hatte er dann sich bei der Exzellenz zu melden, welche der Jagd wegen noch die letzten Herbstwochen auf dem Lande blieb.

Schweigend hatte er seinen Koffer gepackt, während die Mutter noch zwischen Päckchen und Schachteln umherhantierte. »Geh nur zu deiner Braut!« sagte sie zu dem ihr müßig Zuschauenden; »es sieht hier öde aus; was übrig ist, besorge ich schon allein!«

Rudolf küßte die Hand seiner Mutter und ging. Als er die Dorfstraße eine Strecke weit hinabgeschritten war, sah er aus der Fahrpforte des Pfarrhauses einen Reiter sich entgegenkommen, der, wie es schien, bei seinem Anblick das Pferd in rascheren Gang setzte und dann im Galopp an ihm vorüberritt. »Bernhard!« rief er; aber der Reiter hatte nur mit seinem Hut gegrüßt und war jetzt schon weit von ihm entfernt. Eine Weile blickte Rudolf ihm nach. ›So laß ihn reiten!‹ dachte er und ging langsam weiter. Als er an den Garten des Pastorats gekommen war, sah er ein helles Kleid zwischen den Boskettpartien schimmern, von welchen ein Steig zu einem Pförtchen nach der Dorfstraße hinausführte. Anna pflegte sonst um diese Stunde sich drinnen mit den kleinen Geschwistern zu beschäftigen; aber als er in den Garten getreten und den Steig hinabgegangen war, kam sie bei einer Biegung desselben ihm entgegen. »Du, Rudolf?« rief sie. »Ich hatte dich nicht kommen hören.«

Es war nicht der sonst so frohe Klang in ihrer Stimme ; auch sah sie ihn nicht an, da sie jetzt ihre Hand wie leblos in die seine legte.

Rudolf stutzte; die halben Worte seiner Mutter standen plötzlich vor ihm. »Was ist dir, Anna?« sagte er. »War Bernhard hier? Ich sah ihn fortreiten; er muß doch eben erst gekommen sein!«

»Ja«, entgegnete sie, ohne aufzublicken; »Bernhard wollte nicht bleiben.«

»Aber du hast ja rote Augen, Anna!« Und ein kaum merkliches Zittern klang aus seiner Stimme.

»Ja, Rudolf«, sagte sie und sah ihm voll ins Antlitz; »Bernhard hat mit mir gesprochen.«

»War das so traurig, was er mit dir zu sprechen hatte?«

Sie nickte: »Er bat er wollte bei den Eltern um mich werben; er wußte ja noch nichts von unserer Verlobung.«

Rudolf war blaß geworden. »Nun, Anna?« frug er stockend.

»Ja, was denn weiter, Rudolf? Das konnte ich doch nicht erlauben.«

»Und darum weintest du?«

Er hatte diese Worte so laut hervorgestoßen, daß das Mädchen erschrocken um sich blickte; dann sagte sie ruhig: »Ja, darum weinte ich ; begreifst du das nicht, Rudolf?«

Er sah sie mit weit offenen Augen an. »Und darum hasse ich ihn!« rief er in ausbrechender Heftigkeit; »und jeden, der seine Hand nach deiner auszustrecken wagt!«

Nur einen Augenblick stand sie betroffen; gleich darauf hatte sie ihr Schnupftuch hervorgezogen und wischte sich recht derb damit die Augen. »Schilt mich, Rudolf«, sagte sie treuherzig, und ihre ganze süße Stimme klang in diesen Worten; »aber glaub nur, ich bin das nicht gewohnt, es hat mich sonst noch niemand haben wollen; er hätte doch auch sehen müssen, daß ich dir gehöre!«

Da riß er sie ungestüm an seine Brust: »Verzeih mir, habe Geduld! Auch ich muß erst lernen, so übermenschlich reich zu sein!«

Sie neigte nur das Haupt und ließ sich still umfangen; dann gingen sie miteinander in das Haus und waren zwischen Eltern und Geschwistern, bis auch dieser letzte Tag verging.

Während des Winters, der nun angebrochen war, wurde im Pfarrhause von unermüdlichen Händen an der Aussteuer der jungen Frau Försterin gearbeitet; die Mutter hätte gern wenigstens eins der neuen Sommerkleider mit grünem Band besetzt; aber Anna protestierte lachend und heftete das Band um ihren Sommerhut. Bisweilen kam auch der Pfarrer mit seiner Pfeife aus der Studierstube herüber, stand und nickte lächelnd seiner Anna zu, welche selbst die Schwester Käthe in deren Freistunden bei dieser heiteren Arbeit anzustellen wußte.

Weihnachten brachte den Besuch des Bräutigams und große Störung dieses fleißigen Treibens. Dann, nach der neuen Trennung, wurden den Brautleuten die Tage immer länger, zumal als noch einmal die Welt in Schnee begraben wurde und Anna von ihrer Arbeit, wie Rudolf aus dem Fenster seiner entlegenen Försterei, vergebens nach dem Briefboten aussah.

Endlich, unter den ersten Sonnenstrahlen des Aprils, der diesmal seinem Namen als »Eröffner« Ehre machte, legte der väterliche Priester die Hände des jungen Paares ineinander. Auch Bernhard als ein zwar ernster, aber wohlmeinender Gast war dessen

Zeuge; er hatte einer verlorenen Hoffnung wegen nicht auch die Menschen selbst verlieren wollen. Noch vor dem Abschied hatten auf seine Bitte beide es ihm zugesagt, im Verlauf des Sommers auf seinem auch von ihrem neuen Wohnort nicht gar fernen Hofe einzukehren.

Dann unter dem Dache des inzwischen sauber hergerichteten Forsthauses kam der Beginn des jungen Ehelebens. Zwar hatten beide ihre volle Arbeit: Anna zu allem anderen mit einem aufgeschossenen Dorfkinde, das sie zum regelrechten Mägdedienst erziehen mußte, Rudolf die immer wiederkehrende Vertretung des kränkelnden Oberförsters ; aber die Arbeit selbst war jetzt ein Miteinanderleben. Oft auch denn die Kunst der Wirtschaft war ihr angeboren, so daß sie immer noch ein Maß von Zeit für ihren Liebsten übrig hatte begleitete Anna diesen auf seinen Berufswegen durch den Wald, sei es zu den Föhren, wo an den mächtigen Stämmen jetzt die Axt erklang, oder in einen der Buchenschläge, wo die gefürchtete Nonnenraupe mit Verwüstung drohte.

Inmitten dieser herrschaftlichen Wälder, auf den alten Karten zu über vierzig Tonnen Landes angezeichnet, lag ein Bezirk, in dem die königlichsten aller Bäume stehen sollten; aber, man wußte nicht, ob aus Liebhaberei oder infolge nachlässiger Bewirtschaftung der Vorbesitzer, seit wohl hundert Jahren hatte ihn keine Axt berührt, ja, wie es hieß, kaum eines Menschen Fuß betreten.

Der Graf freilich, in Begleitung Rudolfs und eines begeisterten Landschaftsmalers, war einmal mit Messer und Säbel eine Strecke weit in seinen »Urwald« vorgedrungen, und ein paar der wildesten Partien, welche der Maler auf die Leinwand gebracht hatte, zierten jetzt in der Residenz sein Arbeitszimmer.

Aber auch Anna, als Rudolf ihr davon erzählte, war im Übermut des Glückes und der Jugend ein Gelüsten nach dem Abenteuer angekommen: zwar hatte jener anfänglich neckend abgewehrt, dann aber eines Sonntagmorgens, in Freuden über sein schönes reisiges Weib, ihr selber kunstgerecht das Kleid gegürtet; und so waren sie, auch im übrigen wohlgerüstet, zum Besuch des Urwaldes ausgezogen. Manchmal im wildesten Gestrüppe hatte sie atmend an seiner Brust geruht, aber auf seine Frage, ob es denn nun genug sei, immer lächelnd noch den Kopf geschüttelt, bis er dann aufs neue vor und über ihr das Zweiggewirr durchbrochen und sie sich endlich zu einer Lichtung durchgekämpft hatten, wo ein bemooster Granitblock zum Ruhen einzuladen schien. Gegenüber, hinter einem schmalen Sumpfe, der vom Röhricht ganz durchwachsen war, stieg wiederum, anscheinend undurchdringlich, das Gewirr des Waldes auf.

Aber nur Rudolf hatte sich gesetzt; Anna kniete zwischen einem Flor von Maililien, welche einen Teil der Lichtung überdeckten, und pflückte eifrig einen Strauß zusammen. Als sich ihre Hand allmählich füllte, wandte sie den Kopf: »So hilf doch, Rudolf! Ich für deine, du für meine Stube!«

Er schien es nicht zu hören. »Sieh nur«, sagte er, indem er mit ausgestrecktem Finger gegenüber nach dem Dickicht zeigte; »wer sich nicht wollte finden lassen, müßte dort schwer zu suchen sein!«

Anna war aufgesprungen und sah ihn fast erschrocken an; aber schon hatte sie die Blumen fortgeworfen, und in Übermütiger Zärtlichkeit mit beiden Händen ihn umhalsend, rief sie heiter: »Versuch es nur, ich will dich dennoch finden!«

Ohne Blumen, in der Fülle ihres Glückes, waren sie dann heimgegangen.

Bald danach war Annas Vater im Forsthause eingekehrt und mit Jubel von dem jungen Paar empfangen worden. Nur auf wenige Tage hatte sein Amt ihn freigelassen, aber er verstand es, die Stunden auszunutzen. Auch im Schlosse war man zum Abendtee gewesen; der Graf und der Pfarrer schienen sich gegenseitig zu gefallen. Während Rudolf die Frauen am Klavier um sich versammelte, standen jene im Gespräch in einer Fensternische. »Ohne Zweifel«, sagte der Graf, »ich halte ihn für recht befähigt, nur etwas zaghaft noch; aber man muß der Jugend etwas zutrauen, und so hab ich's denn auch mit ihm im Sinne.« Der Pastor nickte: »Exzellenz wollen nachträglich die Männererziehung noch dazutun!« »Ich denke, wir verstehen uns, Herr Pastor!« Und sie lauschten nun auch dem meisterhaften Spiel des jungen Försters.

Am andern Abend saß der Pastor wieder im Familienzimmer seines Pfarrhauses, und wenn die gute Frau Pastorin in seiner Erzählung auch vergebens auf den romantischen Zauber des Jägerlebens wartete, so ließ er selber sich doch behaglich von der jetzt Ältesten, seiner Käthe, den brennenden Fidibus für seine Pfeife bringen.

Es war im Juli an einem Sonntagnachmittage, als die jungen Eheleute in der warmen Sommerluft vor ihrem Hause saßen, wohlgeborgen unter der alten, weithin schattenden Eiche, deren Laub jetzt im sattesten Grün erglänzte. Die Kaffeestunde ging zu Ende, und Anna erhob sich und nahm das Geschirr von dem selbstgezimmerten Säulentische, um es ins Haus zurückzutragen. Nur sollte ihr das nicht ohne Hindernis gelingen; als sie an Rudolfs Sitz vorbei wollte, umschloß er sie mit beiden Armen, und so stand sie gefangen und wagte mit ihrer zerbrechlichen Bürde sich nicht zu rühren. Lächelnd blickte sie zu ihm nieder; das Schweigen des Glückes lag auf beider Antlitz.

Über der Haustür auf dem alten Geweih des Sechzehnenders, das sich bis in die grünen Zweige hinaufstreckte, zwitscherte eine Schwalbe und flog dann über ihren Köpfen wieder in den Sonnenschein hinaus; nur von der seitwärts am Waldesrande sich entlangziehenden Wiese tönte nach wie vor das Summen der Millionen schwebenden Geziefers; mitunter erhob es sich wie übermütig, als wollten sie den Menschen ihre kurze Sommerherrschaft fühlen lassen; dann sank es wieder wie zu leisem Harfenton.

Unwillkürlich hatten beide hingehorcht. »So hör ich's gern«, sagte Anna; »nur sollen sie mir nicht ins Zimmer kommen.«

Rudolf bejahte nachdenklich: »Aber sie kommen ungefragt; horch nur, es klingt ganz zornig, und sie dürsten auch nach unsrem Blute.«

»Laß sie«, versetzte heiter die junge Frau; »das Tröpfchen wollen wir ihnen gönnen.«

Über Rudolfs Augen flog es wie ein Schatten, und er schloß die Arme fester um die schlanken Hüften seiner Frau. »Meinst du?« sagte er gedehnt. »Es gibt eine schwarze Fliege, diese Sommerglut brütet sie aus, und sie kommt mit all den andern zu uns, in dein Haus, in deine Kammer, unhörbar ist sie da, du fühlst es nicht, wenn schon der häßliche Rüssel sich an deine Schläfe setzt. Schon mancher hat sie um sich gaukeln sehen und ihrer nicht geachtet, denn die wenigsten erkennen sie; aber wenn er von einem jähen Stiche auffuhr und sich, mehr lachend noch als unwillig, ein Tröpflein Blutes von der Stirn wischte, dann war er bereits ein dem Tod verfallener Mann.«

Anna hatte mit verhaltenem Atem zugehört; nun fuhr sie mit der freien Hand ihm über Stirn und Haare: »Du könntest einem bange machen, Rudolf; aber ich will diese schwarze Fliege fortjagen, denn sie kommt aus deinem Hirn und soll mir nicht dahin zurück; ich habe nie von diesem Spuk gehört.«

Er ließ sie gewähren; nur seine Augen suchten in zärtlicher Angst die ihren festzuhalten. »Aller Spuk ist selten«, sagte er leise; »aber die schwarzen Fliegen sind doch wirklich da!«

»Nein!« rief sie, indem sie sich zu ihm neigte und, das Brett mit Kannen und Tassen emporhebend, es anmutig fertigbrachte, ihm den Mund zum Kuß zu reichen; »nein, Rudolf, nun sind sie alle fort! Und nun laß mich!« setzte sie hinzu, da eben die Magd die neueste Zeitung auf den Tisch legte, welche, wie gewöhnlich um diese Zeit, des Oberförsters Knecht ihr ins Küchenfenster hineingereicht hatte. »Nun studier deine Zeitung und sieh zu, ob auch etwas für deine Frau darin ist!«

Er hatte sie freigelassen und sah ihr nach, da sie in das Haus ging; dann nahm er die Zeitung und begann zu lesen. Aber er las nur obenhin und ließ oft die Hand, welche das Blatt hielt, sinken; erst als er auch die letzten Spalten überflog, wurde seine Aufmerksamkeit gefesselt, jedenfalls schienen seine Augen über eine Notiz von wenig Zeilen nicht hinauszukommen. Es mochte nichts Heiteres sein, denn schwere Stirnfalten drückten seine Augenlider, während er noch immer darauf hinstarrte; oder hatte Frau Anna doch die schwarzen Fliegen nicht verjagen können? Plötzlich erhob er sich und legte die Zeitung auf den Tisch, indem er zugleich nach seinem Hute langte, den er über sich an einem Zweige aufgehangen hatte.

Aus dem offenen Hausflur rief die Stimme seiner Frau: »Was willst du, Rudolf? Gehst du fort?«

»Nur zum Andrees!« rief er zurück; »er soll den Köder in den Fuchseisen noch erneuern!«

»So wart doch wenigstens, bis die ärgste Glut vorüber ist!«

Aber er winkte nur noch mit der Hand und war bald auf dem Wege, der an des Forstwärters Haus vorbei zum Walde führte, hinter dem Gebüsch verschwunden.

Was Rudolf in der Zeitung gelesen hatte, lautete wörtlich wie folgt:

»Am letzten Dienstage, so wird von glaubhafter Seite uns berichtet, saß der erst kürzlich verheiratete Hufschmied Br... zu Wallendorf nach Feierabend mit seiner Frau im Wohnzimmer. Das Gespräch zwischen den Eheleuten war eine Weile stumm gewesen, als der Mann wieder anhub: ›Heute sind es gerade dreizehn Jahre, daß ich von einem tollen Hund gebissen wurde! Man sagte mir damals, ich solle mich nicht verheiraten; aber es hat mir bis jetzt doch nichts darum geschadet.‹ Die Frau, welche erst in diesem Augenblick von jenem Vorgang hörte, erschrak heftig; noch mehr aber, als sie jetzt in das plötzlich verzerrte Antlitz ihres Mannes blickte. Und kaum waren einige Minuten verflossen, als die

Nachbaren auf ihr Geschrei herbeieilten und den Unglücklichen, bei dem schon alle Zeichen von Tollwut ausgebrochen waren, an Händen und Füßen fesseln mußten.«

Das war es, was Rudolf gelesen und was so ganz von ihm Besitz genommen hatte, daß es allem übrigen sein Ohr verschloß. Und jetzt auf dem einsamen Wege kamen ihm die Worte, die einzelnen Sätze in ihrer Reihenfolge immer wieder; er suchte anderes zu denken: an seine Mutter, an Anna, sogar an des Herrn Grafen Exzellenz; aber es half nichts, es waren immer nur die schwarzen Buchstaben in ihrem kleinen Zeitungsdruck, die unabweisbar an ihm vorüberzogen.

In der Hütte des Waldwärters traf er diesen nicht daheim; er ging wieder hinaus, ohne auch nur der anwesenden Frau den einfachen Auftrag mitzuteilen. Erst nach einer Weile bemerkte er, daß er nicht den Rückweg nach seinem Hause eingeschlagen hatte, sondern mitten im Walde auf einem Wege schritt, der zwischen hohen finsteren Tannen ausgehauen war. Endlich begann er seiner Gedanken Herr zu werden: was wollte jene furchtbare Geschichte denn von ihm? Ihn hatte niemals weder ein toller noch ein anderer Hund gebissen, und im übrigen wer konnte aller Menschen Leid mitfühlen wollen? Wog es nicht vielleicht noch schwerer als der Menschheit Sünden, die doch nur Gottes Sohn auf sich genommen hatte?

Grübelnd blieb er stehen; aber es war ja auch kein Mitleid, das er fühlte, er hatte sich ja selber nur belügen wollen! Nein, nein, kein toller Hund; aber jenes andere, was er nicht zu denken wagte, was er hinter sich in Nacht begraben wähnte! Wenn es wiederkäme nach zehn, nach zwanzig Jahren? Oder wer könnte wissen vielleicht schon jetzt, noch eh der Herbst die Blätter von den Wäldern fegte!

Er fuhr mit beiden Händen vor sich hin, als wolle er ein Schreckbild von sich stoßen; aber er sah es doch, er hörte den Schrei seines Weibes, er sah die Nachbaren nein, sie hatten ja keine Nachbaren! Niemand konnte kommen! Plötzlich, als müsse er nun selber ihr zu Hülfe eilen, wandte er sich zur Heimkehr ; rasch und rascher, daß es bald einem Laufen gleich war, eilte er zurück. Aber die Gedanken liefen immer mit: jener Hufschmied, war er auch so feig gewesen? Hatte auch er von selbstsüchtiger Mutterliebe sich den Mund verschließen lassen, eh er das junge Weib in seine Kammer brachte?

Ein Donner rollte über den Wald hin und verhallte dröhnend. Die Glut des Tages hatte sich gelöst: zu beiden Seiten rauschte es durch die Tannen, und kühlend fielen die ersten großen Tropfen auf die heiße Erde. Auch Rudolf atmete auf in dem belebenden Dufte, der sich jetzt erhob, auch ihm floß es wie erquickliche Kühle durch die Adern: was war es denn gewesen, das ihn so erschreckt hatte? Hier ging er ja gesund und kräftig wie nur jemals! Und daheim? Verlockend, wie noch nie, stand seines Weibes schlanke jugendliche Gestalt vor seinen Sinnen. Immer rascher schritt er durch den gewaltig niederrauschenden Regen, bis er das Gebell seiner beiden braunen Hunde hörte, die mit ausgelassenen Sprüngen ihm entgegentobten, und bis er endlich dann mit leuchtendem Angesicht vor seinem blonden Weibe stand.

Freilich, von Kuß und Umarmung des triefenden Geliebten wollte sie für jetzt nichts wissen; lachend, mit vorgestreckten Händen, drängte sie ihn in die Kammer: »Hier, Rudolf, ist der Schlüssel zu deinem Kleiderschrank. Wenn du hübsch trocken bist, darfst du zu mir kommen und dir deine Schelte holen!«

Und ihre Augen lachten wie die lieblichste Verheißung.

Aber der glückliche Schluß dieses Tages hatte seinen übrigen Inhalt nicht beseitigen können. Es war in Rudolf etwas wachgerufen, das während seiner kurzen Ehezeit bisher geschlafen hatte; ein Zufall hatte die Decke jetzt gelüpft, und er sah es in der Tiefe liegen und allmahlich höher steigen, bis es endlich unverrückt mit den feindlichen Augen zu ihm emporstarrte. Immer öfter zog es seinen Blick dahin, so daß er dauernd auf nichts anderes mehr sehen konnte und zu Arbeiten, die er vormals bequem bewältigt hatte, nicht selten die Nacht zu Hülfe nehmen mußte.

Eine Geschäftsreise nach der Residenz im Auftrage des Grafen brachte Abwechselung und eine Einkehr bei der Mutter. Sie hatte bei seinem Empfange ihn lange stumm betrachtet und ihn dann in das zweite Zimmer geführt, das Rudolf früher wohl scherzend ihren Ahnensaal zu nennen pflegte. »Du siehst übel aus, mein Sohn!« war das erste Wort, das sie ihm sagte, als sie sich gegenübersaßen.

Er suchte ihr das auszureden und wollte es auf die Nachtfahrt schieben, aber sie unterbrach ihn: »Seit deines Vaters Augen so früh sich geschlossen, waren die meinen nur auf dich gerichtet; du vermagst mich nicht zu täuschen.« Und als er schwieg, ergriff sie seine beiden Hände: »Du bist unglücklich, mein Sohn; nur deiner Mutter kannst du das nicht verbergen!«

Er sah wie gedankenlos eine Weile zu ihr hinüber. »Ja, Mutter«, sagte er dann ; »ich glaube fast, daß ich es bin.«

»Weshalb, Rudolf, weshalb bist du es?«

Auf dem Tische lag eine Zeitung; Rudolf hob sie auf, es war dieselbe, die der Oberförster und er zusammen hielten. »Hast du das gelesen neulich?« sagte er zögernd; »das mit dem Hufschmied?«

»Ja, Rudolf, ich hab es gelesen. Was soll das? Der Unglückliche!«

»Die Unglückliche!« erwiderte er, stark das erste Wort betonend. »Und hast du auch gelesen, nach dreizehn Jahren ist es ausgebrochen?«

»Was soll das? Was willst du, Rudolf?« frug sie wieder.

Er war aufgestanden. »Mutter«, sagte er leise; »bin ich nicht auch von einem solchen Hund gebissen worden? Und sie, die Unglückliche, ist ewig, was wir hier ewig nennen, an mir festgeschmiedet! Wir waren übel beraten, Mutter, als wir die schöne Unschuld für meinen Dienst betrogen.«

Sie blickte ihn fast zornig an: »Das ist es, Rudolf? Ich verstand dich nicht.«

»Ja, Mutter; was konnte es anders sein?«

Ein schmerzliches Aufleuchten ging durch die dunkeln Augen der Frau, und einige Sekunden lang bedeckte sie sie mit ihrer weißen Hand. »Wenn ich für dich gesündigt habe«, sagte sie bitter, »so habe ich mit Recht den Dank dafür verloren; laß mich's denn auch allein verantworten!«

Er nahm ihre nur schwach widerstrebende Hand und küßte sie: »Ich bin nicht undankbar, Mutter; aber ich weiß auch, daß ich meine Schuld allein zu tragen habe.«

Frau von Schlitz antwortete nicht sogleich ; hinter ihrer breiten Stirn, die unter einer schwarzen Florhaube noch blasser als das Antlitz ihres Sohnes schien, hielten die Gedanken raschen Überschlag. »Besinne dich«, begann sie dann anscheinend ruhig; »du hast den Brief deines derzeitigen Arztes selbst gelesen, er enthielt nichts, was zu verbergen war; von jener Seite droht deinem oder, wie ich jetzt ja sagen muß, euerem Leben nicht Gefahr. Dich drückt nur das Geheimnis, das Versprechen, das du mir gegeben hast; ich gebe es dir zurück, es war unnötige, übertriebene Sorge, da ich es von dir verlangte.«

Aber Rudolf blickte wie erstaunt auf sie herab. »Reden? Jetzt noch reden, Mutter? Und das rätst du mir? Und Anna? Anna? Dreizehn Jahre lang, und immer die armen Augen nach dem Schreckgespenst? Nein, nein!« rief er heftig, »jetzt muß ich mit mir selber fertig werden!«

»Und wenn du es nicht wirst, Rudolf?« Wie von Angst gepreßt wurden diese Worte ausgestoßen.

»Dann«, sagte er langsam, »wird sie frei von mir; es gibt nur einen Weg, den ich ohne sie noch gehen kann. O Mutter, hat denn mein Vater dich nicht auch geliebt?«

Sie hatte sich aufgerichtet, eine Frau von nicht mehr jugendlicher, aber noch immer ernster Schönheit. »Ja, mein Sohn«, rief sie und schlang leidenschaftlich beide Arme um seinen Nacken, »wohl haben wir uns geliebt, ich und dein Vater; aber dich lieb ich mehr, als Mann und Weib sich lieben können; was kümmern mich alle andern Menschen außer dir!«

Stumm, erschüttert hielt der Sohn die Mutter an seiner Brust; an dem Zucken ihres Leibes fühlte er, wie die starke Frau sich selbst zur Ruhe kämpfte. Aber unter den zärtlichen Worten, die sein Herz ihn sprechen ließ, verkannte er gleichwohl nicht, daß diese Leidenschaft, wo sie ihn bedroht wähne, in jedem Augenblick bereit sei, sich feindselig gegen alle Welt, ja gegen des eignen Sohnes Weib zu kehren. Mit dem Scharfsinn seiner jugendlichen Liebe las er in der Seele der erregten Frau; und ehe beide voneinander schieden, hatte die Mutter, wenn auch widerstrebend, ihm nun ihrerseits geloben müssen, an der Vergangenheit ohne sein Zutun nicht zu rühren.

Nur darin traf ihr Wunsch mit einem bereits von ihm gefaßten Entschluß überein: er wollte sich Beruhigung oder wie er still bei sich hinzufügte doch Entscheidung über seinen Zustand bei dem Arzte holen, unter dessen Fürsorge er jene Monate des vergangenen Jahres zugebracht hatte; wenn er noch einmal eine Nachtfahrt daransetzte, so wer ihm, bei der unerwartet raschen Erledigung des Geschäftes, die Zeit noch zur Verfügung.

Und etwa zehn Stunden später saß er dem Genannten, einem kräftigen Manne in mittleren Jahren, gegenüber; die heiteren, etwas schelmischen Augen des Arztes ruhten auf dem Antlitz seines früheren Patienten, während dieser, der dem vertrauengebenden Wesen desselben seine damalige rasche Genesung zu verdanken glaubte, ihm dies in warmen Worten aussprach.

»Aber was treiben Sie denn, Herr von Schlitz«, unterbrach ihn jener, »Sie sollten wohler aussehen! Sie sind von uns als völlig wohlverstanden, als völlig geheilt entlassen worden.« Die Frage, um deren willen Rudolf seine Reise hieher verlängert hatte, war somit schon zum größten Teil und auf das unverfänglichste beantwortet; nun galt es nur noch seinerseits eine unverhaltene Auskunft über späteres Erlebnis; und nach kurzem Widerstreben überwand er sich: sein Geheimnis war hier keines, nun bekannte er auch seine Schuld. Ein leichtes Stirnrunzeln überflog das Angesicht des älteren Mannes. »Nein, nein«, sagte er gleich darauf, da Rudolf stockte, »sprechen Sie nur; ich klage Sie nicht an!«

Und der Jüngere fuhr fort und verschwieg ihm nichts. »Mitunter« so schloß er seine Beichte –, »aber nur in kurzen Augenblicken, ist es mir, als ob der dunkle Vorhang aufweht, und dahinter, wie zu meinen Füßen, sehe ich dann das Leben gleich einer heiteren Landschaft ausgebreitet; aber ich weiß doch, daß ich nicht hinunter kann.«

Wieder ruhte der sinnende Blick des Arztes auf des jungen Mannes Antlitz. »Nicht wahr«, sagte er dann, »aber es ist mehr der anteilnehmende erfahrene Mann als der Arzt, der diese Frage an Sie tut Sie haben eine gesunde und eine Frau von heiterem Gemüte?«

Rudolfs Augen leuchteten, und in seinen Armen zuckte es, als müsse er sich zwingen, sie nicht nach seinem fernen Weibe auszustrecken. »Sie sollten sie nur sehen!« rief er. »Nein, nur ihre Stimme brauchten Sie zu hören!«

Der Arzt lächelte. »Dann«, sagte er, »wenn dem so ist«, und er betonte jedes Wort, als ob er auf schwerwiegende Gründe eine Entscheidung baue, »dann reden Sie; und Sie werden nicht allein in jenes heitere Land hinunterschreiten!«

Rudolf war fast erschrocken, als dieselbe Forderung, die er noch kurz zuvor der Mutter gegenüber so schroff zurückgewiesen hatte, ihm nun auch hier entgegenkam. Aber sie reizte ihn hier nicht zum Widerspruche; die ruhigen Worte, in denen jetzt der teilnehmende Mann ihm zusprach, mochten kaum anderes enthalten, als was er von seiner Mutter auch schon wiederholt gehört hatte; dennoch war ihm, als ob seine Gedanken sich allmählich von einem Banne lösten, der sie stets um einen Punkt getrieben hatte. Allein hatte er seinen Weg in Nacht und Schrecken wandern wollen! Aber und seine Brust hob sich in einem starken Atemzuge es gab ja kein »Allein« für ihn, er selber hatte ja gesagt, sie seien aneinander festgeschmiedet, er konnte nicht in der Finsternis und sie im Lichte gehen; er begriff nicht, daß er das nicht längst begriffen hatte.

Entschlossen reichte er dem Arzt die Hand hinüber. »Ich danke Ihnen«, sagte er, »ich werde reden.«

»Und Sie werden recht tun.« Dann schieden sie.

Heiter, voll froher Zukunftsbilder, fuhr Rudolf seiner Heimat zu; bei hellem Mittag, in einer unablässig schwatzenden Reisegesellschaft, erquickte ihn ein langer Schlaf; als er unweit seines Zieles dann erwachte, konnte er kaum erwarten, vor Anna hinzutreten und Schuld und Reue vor ihr auszuschütten; er sah schon, wie sie weinen, wie sie dann aus ihren Tränen sich erheben und, ihm mutig zulächelnd, ihre kleine feste Hand in die seine legen würde; ja, Anna, die Schöne, Gute, sie hatte ja auch ein festes Herz!

Er hatte nicht bedacht, daß er während seiner Ehe zum ersten Mal so lange fern gewesen war. Als er von der letzten Bahnstation den Richtweg durch den Wald dahinschritt, da klopfte sein Herz doch nur nach seinem Weibe; und als er, auf die Wiese hinaustretend, sie dann im Abendschatten auf der Schwelle seines Hauses stehen sah, sie selber leuchtend in Jugend und Liebe, die Arme ihm entgegenstreckend, aber doch wie festgebannt, als müsse sie hier ihr Glück empfangen, da stieg es nur wie ein Gebet aus seiner Brust, daß auch nicht eines Sandkorns Fall den Zauber dieser Stunde stören möge.

Morgen! Sie waren ja morgen auch beisammen.

Und es wurde morgen, und der helle Tag, der unerbittlich zu Pflicht und Arbeit fordert, schien in alle Fenster des Försterhauses. Rudolf hatte in seinem an der Rückseite belegenen Zimmer die in seiner Abwesenheit eingegangenen Geschäftssachen eingesehen und trat jetzt in die gemeinsame Wohnstube, wo Frau Anna den Morgenkaffee für ihn warm gehalten hatte. Nur ein Händedruck wurde gewechselt; dann nahm er schweigend die Tasse, welche sie ihm reichte, und Anna, die ihr Frühmahl schon beendet hatte, zog ihren Stuhl zu ihm heran und strickte weiter an einem Unterjäckchen, das noch vor der rauhen Jahreszeit zu dem gebrechlichen Brüderlein ins elterliche Pfarrhaus wandern sollte. Ihrer Augen bedurfte diese Arbeit nicht; die ruhten auf ihres Mannes Antlitz: er sah viel besser aus, als da er fortgegangen war; auf seiner Stirn und über den Augenlidern, die sich mitunter hoben und dann sinnend wieder senkten, lag etwas wie eine frohe Zuversicht; gewiß, während er so schweigend neben ihr sein Mahl verzehrte, überdachte er die gute Botschaft, die er noch am selben Vormittag dem Grafen überbringen mußte.

Aber Frau Anna irrte; das Schweigen ihres Mannes galt ihr selber: es war das Bekenntnis seiner Schuld, wofür sein Herz die Worte suchte, und was von seiner Stirne leuchtete, das war der Abglanz jener wolkenlosen Landschaft, in die er heute noch mit ihr hinabzuschreiten dachte.

Da, bevor zwischen beiden noch ein Wort gesprochen worden, pochte es an die Stubentür, und Rudolf fuhr aus seinem Sinnen auf. Es war nur der alte Waldwärter Andrees, der ins Zimmer trat, um über dies und jenes zu berichten; aber mit ihm war etwas anderes unsichtbar hereingekommen, was wir Zufall zu nennen pflegen, was auf den Gassen der Wind vor unsere Füße oder durchs offene Fenster in das Innere unseres Hauses weht.

Rudolf hatte die verschiedenen kleinen Mitteilungen entgegengenommen und hie und da ein zustimmendes oder anweisendes Wort dazu gegeben. »Ist sonst noch etwas, Andrees?« frug er, als dieser mit seinem Bericht zu Ende schien.

»Sonst nichts, Herr Förster; nur daß der Holzschläger Peters aus der Anstalt wieder da ist.«

»Woher? Welcher Peters?« frug Rudolf hastig.

»Es war vor des Herrn Försters Zeit«, erwiderte Andrees. »Er hatte sich eingebildet, als einziger Sohn von den Soldaten freizukommen und dann drunten mit des reichen Seebauern Tochter Hochzeit zu machen; als aber auf beidem eine Eule gesessen hatte, da wurde er wirrig und mußte in die Anstalt.«

Anna hatte zu stricken aufgehört; einen losen Sticken an die Lippen drückend, horchte sie aufmerksam dieser Erzählung. »Der arme Mensch«, sagte sie mitleidig »ist er denn jetzt wieder ganz gesund?«

»Muß doch wohl, Frau Förstern«, meinte Andrees »sogar 'ne Frau hat er sich mitgebracht; freilich, keine reiche: es ist eine Wärterin aus der Anstalt, die sich in den jungen Kerl verliebt hatte.«

Ein Ton wie ein Schreckenslaut entfuhr den Lippen der jungen Frau: »Mein Gott, welch ein Wagstück! Wenn es wiederkäme!«

»Soll wohl sein können«, erwiderte Andrees; »aber das Weibsbild hat sich dann doch selber nur betrogen; sie muß ja wissen, wen sie sich gekauft hat.«

Anna starrte schweigend vor sich hin, als ob ihre Phantasie die schreckensvolle Möglichkeit verfolge; sie achtete kaum darauf, als Rudolf, der während dieses Gespräches keinen Laut von sich gegeben hatte, jetzt mit abgewandtem Antlitz fast schwankend sich erhob und, das Beben seiner Stimme mühsam nur beherrschend, zu dem Waldwärter sagte: »Kommen Sie nach meinem Zimmer, Andrees; es sind noch Postsachen für Sie mitzunehmen.« Als sie aber dahin gekommen waren, meinte Rudolf, er müsse bis zum Abend warten, es komme doch noch einiges dazu.

Wer nach dem Fortgange des Waldwärters hier unbemerkt hätte hineinblicken können, der hätte den jungen Förster in der Mitte des Zimmers gleich einem düsteren Bilde stehen sehn; mit untergeschlagenen Armen, das auf die Brust gesunkene Haupt von den schweren Atemzügen kaum bewegt. Nur einzelne karge Worte: »Schweigen!« und wieder »Schweigen-um jeden Preis und bis ans Ende!« wurden dann und wann von seinen Lippen laut.

Endlich, als dann die Wanduhr über seinem Schreibtisch mit lautem Schlage aushob, fuhr durch diesen einzigen Gedanken ihm ein anderer: er schüttelte sich, und nachdem er mit schweren Schritten ein paarmal auf und ab gegangen war, nahm er einige Papiere aus einem Schubfach; es war hohe Zeit, er mußte ja zum Grafen und den glücklichen Bericht erstatten.

Es ging schon gegen Mittag, als die junge Frau aus dem Küchenfenster, hinter welchem sie beschäftigt war, ihren Mann auf dem hier vorüberführenden Wege heimkehren sah und bald danach ihn auf dem Hausflur und nach seinem Zimmer gehen hörte. Unwillkürlich ruhten ihre emsigen Hände: Rudolf pflegte sonst nach solchem Gange »zur Herzerfrischung«, wie er sagte, sie für eine Weile aufzusuchen, sich ein paar Worte oder auch nur einen Händedruck von ihr zu holen; und jetzt kam es ihr plötzlich, daß er auch vorhin so jäh und ohne beides von ihr fortgegangen sei. Noch einige Minuten stand sie horchend, ob nicht die eben geschlossene Tür sich wieder öffnen möge; dann legte sie die Geschirre, die sie in der Hand hielt, fort und ging nach Rudolfs Zimmer.

Es schien völlig still da drinnen; als sie die Tür öffnete, fand sie ihn mit aufgestütztem Kopf an seinem Schreibtisch sitzen. Sie setzte sich an seine Seite und nahm seine Hand, die er ihr schweigend überließ; erst als sie den Druck derselben in der ihren fühlte, sprach sie leise: »Was war's denn, Rudolf? Warum gingst du mir vorüber? Brauchst du heute keine Herzerfrischung, oder mißtrauest du schon meiner armen Allmacht?«

Dem Drängen dieser liebevollen Stimme widerstand er nicht; ihm war ja auch nichts Übles widerfahren; im Gegenteil, sein Bericht hatte den Grafen in die wohlwollendste

Laune versetzt; er hatte von dem notwendigen Abgange des altersschwachen Oberförsters gesprochen: schon jetzt werde Rudolf die Geschäfte und, sobald die Pensionsverhältnisse des Abgehenden geordnet wären, auch dessen höhere Stelle endgültig übernehmen müssen.

Ein Laut freudiger Überraschung entfuhr bei dieser Mitteilung dem Munde der jungen Frau. »Wie schön!« rief sie, stolz zu ihrem Mann emporblickend; »und dies Vertrauen, das du dir so bald erworben hast!«

Rudolf drückte den blonden Kopf seines Weibes gegen seine Brust, nur damit die glücklichen Augen nicht in seinem Antlitz forschten ; denn wie sollte er nun das Weitere sagen? Schon seine bisherigen Pflichten lagen seit dieser Morgenstunde wie eine Angst ihm auf dem Herzen; bei dem Vorschlage des Grafen hatte es wie ein unübersteiglicher Berg sich vor ihm aufgetürmt; und statt eines freudigen Dankes hatte er nur zu einem Versuch bescheidenen Abwehrens sich ermannen können. Aber dieser Versuch war vergeblich gewesen; der Graf hatte nur gelächelt: »Mein junger Freund, nicht nur l'appétit vient en mangeant; es geht auch in andern Dingen so; ich selber habe nicht gewußt, was ich zu leisten vermochte, bis ich gezwungen wurde, es zu wissen.« Auf seine verwirrte Erwiderung: »Exzellenz ehren mich zu sehr mit einem solchen Vergleiche«, war ihm dann nur geantwortet: »Nun, nun, Herr Förster, ein jeder in seinem Kreise! Ich werde Sie denn doch vor solche Probe stellen müssen.«

Während dieser Vorgang sich ihm peinlich in der Erinnerung wiederholte, hatte Anna sich aus seinen Armen losgewunden. »Du!« rief sie, »wie lange willst du mich gefangenhalten!« Dann stand sie aufgerichtet vor ihm: »Aber du bist nicht froh, Rudolf; noch immer nicht! Und ich dachte schon an einen Jubelbrief nach Hause.«

Eine demütigende Scham überkam ihn, aber zugleich ein Drang, vor diesen klaren Augen zu bestehen. »Schreibe nur deinen Brief«, sagte er aufstehend; »es wird zwar aller meiner Kraft bedürfen; aber ja, Anna, Dank, daß du gekommen bist.«

Kurz darauf waren aus der Oberförsterei ein großer Aktenschrank und ganze Karren von Aktenbündeln angelangt und in Rudolfs Zimmer untergebracht; auch eine Kammer für einen Schreibgehülfen hatte Anna einrichten müssen. Rudolf selber saß jetzt meistens in die Nacht hinein bei seiner Arbeit; selbst am Sonntage, zum Kirchgang, riß er sich erst im letzten Augenblicke los; ja, wenn Anna während des Gottesdienstes zu ihm aufblickte, glaubte sie eher arbeitende Gedanken als Andacht auf seinem Gesicht zu lesen. Im Hause über Tag sah sie ihn fast nur bei den Mahlzeiten, die er möglichst rasch beendete, und sosehr er oftmals einer Herzerfrischung zu bedürfen schien, er kam immer seltener, sie bei ihr zu suchen.

So mußte sich die junge Frau denn wohl gestehen: was ihres Mannes Stirn umwölkte, war etwas andres, als was der wechselnde Tag zusammentreibt und wieder auseinanderweht. Aber aus welchen ihr unbekannten Abgründen war das aufgestiegen? War es noch rückgebliebener Schatten jener Krankheit, die er bei dem Besuch im Elternhause kaum erst überstanden hatte, oder war dies sein eigenstes Wesen, das sich jetzt ihr offenbarte? Zwar, die Last der Arbeit dauerte fort; aber an der ausreichenden Kraft des geliebten Mannes auch nur entfernt zu zweifeln konnte ihr nicht einfallen; tat das doch auch der Graf, der scharfblickende Menschenkenner, nicht.

Sie konnte sich keine Antwort geben; Rudolf selbst aber, wenn sie offen ihn befragte, schob alles auf die überkommene doppelte, ja dreifache Arbeit und vertröstete sie auf die Zeit, wenn erst die von dem kranken Vorgänger angehäuften Reste abgearbeitet sein würden. Ließ sie ungläubig dennoch nicht mit Bitten nach, dann sah sie Qual und Zärtlichkeit so bitterlich auf seinem Antlitz kämpfen, daß sie jäh verstummen mußte. So schwieg sie denn auch ferner und suchte nur, wo sie es immer konnte, ihm zu bringen, was er nicht mehr von ihr zu holen kam. Das Nachtarbeiten war allmählich zur Regel geworden; aber Frau Anna ließ ihn nicht allein; auch für sie gab es ja, wenn sie wollte, Arbeit genug. »Bei unseren neuen Amtsgeschäften« so hatte sie der Mutter nach Haus geschrieben »haben wir hier einen langen Tag; schickt mir nur alle euere Winterwolle, denn alle kleinen Beine werde ich bestricken können.«

Immer mehr fühlte Rudolf sich in einem dunklen Kreis gefangen. Auf einem Reviergange ließ er sich von dem alten Andrees den als Ehemann aus der Anstalt zurückgekehrten jungen Holzschläger zeigen: es war ein gesund ausschauender robuster Bursche; nur in seinen Augen war noch etwas wie ein stumpfes Überhinsehen. Rudolf beobachtete ihn lange, wie er unter den andern die Axt mit seinen starken Armen schwang dann ging er fort, ohne ein Wort an ihn zu richten. Aber schon am folgenden Tage stand er, er wußte selbst nicht wie, an demselben Platze unter den Holzschlägern ; der Mensch hatte eine unheimliche Anziehungskraft für ihn gewonnen.

Plötzlich wandte er sich ab; es trieb ihn mit Gewalt nach Hause, er mußte und wenn auch nur einen Blick in die klaren Augen seines Weibes tun. Aber er brauchte nicht so weit zu gehen; als er in den Fahrweg einbog, der durch den Wald führte, kam sie ihm entgegen. »Anna!« rief er und schloß sie in seine Arme.

»Ja, da bin ich, Rudolf; so auf gut Glück bin ich dir nachgelaufen.« Und langsam erhob sie ihre Augen zu den seinen; es war, als ob sie recht tief in ihnen lesen wollte.

»Was hast du, Liebste?« frug er.

»Dich!« erwiderte sie zärtlich.

»Sonst nichts?«

»Doch; noch einen Einfall!« Und sie nickte lächelnd zu ihm auf.

»Laß hören!« sagte er zerstreut; er war in ihren liebevollen Augen ganz verloren.

»Ja, weißt du, Rudolf aber du darfst mich nicht so ansehen, sonst hörst du doch nicht –, ich war im Schuppen, wo das Kabriolett steht; es ist ja morgen Sonntag; wollen wir nicht zu Bernhard fahren? Auf unserer Hochzeit haben wir es ihm so fest versprochen! Du mußt einmal hinaus, und auch ich möchte gern die kleine Julie wiedersehen; ich glaube«, fügte sie lächelnd bei, »sie hat dich damals mir wohl nur so kaum gegönnt.«

Rudolf blickte noch immer auf seine Frau, aber seine Augen schienen ohne Sehkraft. Zu Bernhard jetzt zu Bernhard! Warum überfiel es ihn plötzlich, als habe er kein Recht auf dieses Weib, das doch sein eigen war, deren jugendlichen Leib er jetzt, in diesem Augenblick, in seinen Armen hielt? Die Worte seiner Mutter klangen ihm wieder vor den Ohren: wenn Bernhard auch nur um eine Stunde ihm zuvorgekommen wäre!

»Rudolf, lieber Mann«, sagte Anna leise. Aber er schloß nur seine Arme fester um sie; seine Gedanken ließen ihn nicht los. Was würde werden, wenn ihn ein Unfall, wenn der Tod ihn fortnähme? Er richtete sich straff empor, als müsse er das Bild, das seine Augen sahen, überwachsen ; aber es wurde nicht anders, und er sagte es sich dennoch: über seinem Grabe würde jener um sie werben, und Anna würde Anna widerstehen?

Eine nie empfundene Leidenschaft für sein schönes Weib ergriff ihn; es drängte ihn, sich vor sie hinzuwerfen, es ihr zu entreißen, daß seine Gedanken ein Frevel an ihrer Liebe seien, daß das niemals, nie geschehen könne. Aber es war etwas, das seinen Mund verschloß; etwas, das er verschuldet hatte, das nicht wiedergutzumachen war.

Demütig löste er die Arme von ihrem jungen Leibe; sie aber zog sein Haupt zu sich herab und küßte ihn. »Lassen wir es!« sagte sie freundlich, »es wird noch mehr der schönen Tage geben, eh der Winter kommt.«

Er ergriff eine ihrer Hände, drückte sie heftig und ließ sie wieder: »Ja, Anna; später später einmal; ich habe morgen auch den ganzen Tag besetzt.«

Sie hing sich an seinen Arm, und während sie aus dem Walde und an dessen Rand entlang nach Hause gingen, suchte sie den beklommenen Atem ihrer Brust zu meistern und über die kleinen Dinge ihres Tagewerks mit ihm zu plaudern.

Das Jahr rückte weiter: der erste Blätterfall begann schon hie und da den Wald zu lichten ; Schwärme von Vögeln, deren Stimmen man nur im Herbst zu hören pflegt, zogen hoch unter den Wolken dahin oder fielen rauschend in die Büsche und flogen weiter, wenn sie an den roten oder schwarzen Beeren sich gesättigt hatten ; auch an der Eiche, die das Dach des Försterhauses beschattete, begannen sich die Blätter bunt zu färben.

Auf dem herrschaftlichen Schlosse hatte inzwischen der Graf noch eine neue Arbeit für seinen jungen Förster ausgesonnen: die große Wildnis sollte endlich wieder in ordnungsmäßige Kultur genommen, ein daranstoßender Sumpf trockengelegt und dann bepflanzt werden; oberflächliche Vermessungen, so gut es hier und bei der treibenden Eile des Grafen geschehen konnte, waren bereits vorgenommen worden; nun galt es, Karten zu entwerfen und Kosten- und wer weiß was sonst für Anschläge auszuarbeiten und in kürzester Frist dem stets ungeduldigen Gebieter vorzulegen. Aber Rudolf konnte seinen Gedanken nicht mehr wehren, immer ihren eigenen dunkeln Wegen zuzustreben, und so rückte trotz seines Fleißes alles doch nur mühsam weiter. Schon ein paarmal war es darüber zwischen ihm und dem Grafen zur Erörterung gekommen, und in seinem Hirn begann ein Brüten, wie er alledem entrinnen möge. Sein geliebtes Klavier stand trotz Annas Bitten seit Monden unberührt; die Kunst, welche auch in ihren düstersten Abgründen nach dem Lichte ringt, durfte nichts von dem erfahren, was in ihm wie unter schwerem Stein begraben lag.

An einem Fußsteig, welcher in der Richtung vom Schlosse her durch den Wald führte, lag oder stand vielmehr zwischen zwei Erdaufwürfen eingeklemmt ein roher, aber mächtiger Granitblock; wie angenommen wurde, ein Grenzstein aus einem nicht allzu fernen Jahrhundert; denn nach der Seite des Steiges hin waren auf der bemoosten

Oberfläche einige von den kürzeren Runenzeilen sichtbar, welche in heutiger Sprache heißen sollten : »Bis hieher ; niemals weiter.«

An diesem Orte, gegen die Rückseite des Steines gelehnt, saß eines Vormittags der junge Förster. Er hatte die von Anna ihm mitgegebenen Brotschnitte aus seiner Jagdtasche genommen; aber er aß nur einen kleinen Teil davon, das übrige brach er in kleine Brocken und streute es um sich her; die Vögel würden es schon finden.

Vor ihm breitete sich eine junge Birkenschonung aus; auf einer abgestorbenen Eiche, die ihm gegenüber hoch daraus hervorragte, saß ein alter Kolkrabe, der hüpfend und flügelspreizend an dem Halbteil eines jungen Hasen zehrte. Ohne Anteil, wie ohne Anreiz, sah Rudolf diesem Treiben zu; der Räuber hatte nichts von ihm zu fürchten. Plötzlich wandte er den Kopf; der Laut von Stimmen, die wie im Gespräche miteinander wechselten, war an sein Ohr gedrungen; und jetzt, in der Richtung vom Schlosse her, näherten sich auch Schritte auf dem Fußsteige, welcher durch den älteren Bestand des Waldes hier vorbeiführte. Rudolf hatte bereits die Stimme des Grafen erkannt; die andre mochte dessen Schwiegervater, dem alten General, gehören, der vor einigen Tagen zum Besuch gekommen war. Er wollte aufstehen und sich unbemerkt entfernen; aber ein Wort, das er deutlich genug vernahm, bannte ihn noch an seine Stelle. »Dein junger Förster«, sagte die ältere Stimme, »soll ja ein liebenswürdiger Mann sein; auch von passabler Familie, wie es heißt.«

Eine Antwort des Grafen vernahm Rudolf nicht; sie mochte nur in einer bezeichnenden Gebärde bestanden haben; denn nach einer Pause hörte er den andern wieder sagen: »Du scheinst nicht beizustimmen; nun, ich hörte auch nur so.«

»O doch«, kam jetzt des Grafen Stimme; »er schien sich anfangs auch gut anzulassen; aber seit ein paar Monaten weißt du, ich sehe jetzt, Papa: ein guter Mann, aber ein schlechter Musikant!«

Der alte Herr lachte behaglich: »Und ich dachte, daß gerade die Musik zu seinen Liebenswürdigkeiten zählte!«

»Ja, ja, das ist nun schon, Papa; er spielt Chopin und hat Jean Paul gelesen, aber das alles hilft nur nicht.«

Das übrige ging dem Lauschenden verloren, die Herren waren eben hinter den Erdhügel getreten, in dessen Mitte sich der Stein befand. Rudolf schloß die Augen ; er mußte ja gleich ein Weiteres vernehmen, sobald die beiden auf dem Steige fortgingen; aber es blieb noch immer still, nur das Klopfen seines Herzens wurde immer lauter, fast, dachte er, könne es ihn verraten. Dann wieder war ihm doch, als ob er sprechen höre; weshalb setzten denn die Herren ihren Weg nicht fort? Studierten sie die Runen auf dem Felsblock, oder waren sie nur in näherer Erörterung ihres Gesprächsstoffes stehengeblieben? Alle peinlichen Augenblicke seines kurzen Amtslebens tauchten in schroffen Umrissen vor ihm auf, und ihm war auf einmal, als höre er das alles von der überlegenen Stimme des Grafen punktweise auseinandersetzen.

Er schüttelte sich, er wußte ja, daß das nur Täuschung sei. Aber jetzt kamen die Schritte wirklich auf der andern Seite des Hügels hervor; der alte Herr schien zuletzt gesprochen zu haben, denn der Graf antwortete, und laut genug, daß der junge Förster jedes Wort verstehen konnte: »Sie haben recht, Papa, aber passons là-dessus! Der Vater hatte auch so seine Talente, konnte Klavier spielen und Walzer komponieren, er war mein Schulkamerad, und Sie wissen, man sollte es nicht, aber enfin, man trägt doch immer wieder der Vergangenheit Rechnung.«

Es trat eine Stille ein, und die Schritte der Herren entfernten sich, bis sie allmählich unhörbar wurden.

Der unglückliche Lauscher nickte düster vor sich hin: »Bis hieher, niemals weiter!« Der ihm bekannte Inhalt der Runenzeilen kam ihm immer wieder. Sollte der alte Stein auch noch den jetzt Lebenden die Grenze weisen? Da fiel sein Auge auf die abgestorbene Eiche, wo noch immer, hüpfend und flügelspreizend, der Rabe an dem toten Hasen fraß und zupfte. Hastig, wie in gewaltsamer Befreiung, sprang er auf und griff nach seiner Büchse. Ein Druck noch, ein Knall »Niemals weiter!« schrie er, und der mächtige Vogel samt seiner Beute stürzte polternd durch die dürren Äste. Dann, ohne sich nach seinem Opfer umzusehen oder seine Büchse neu zu laden, wandte er sich ab und schritt seitwärts tiefer in den Wald hinein.

Lange hatte Anna auf ihn warten müssen; jetzt saß er wie abwesend neben ihr am Mittagstische, der frische Knall, womit er den Raben niederschoß, war längst verhallt; nur die Reden der beiden Herren vom Schlosse waren in voller Schärfe noch vor seinen Ohren. Das junge Weib beobachtete ihn verstohlen, und ein paarmal zuckten ihre Lippen, als ob sie reden wolle, aber sie fühlte wohl, sie durfte heute nur schweigend ihm zur Seite bleiben.

Gleich nach Mittag ließ er seinen Rappen satteln. »Willst du schon wieder fort?« rief Anna fast erschrocken und hing sich wie eine Last an seinen Arm.

Ja, er müsse fort; in der letzten Sturmesnacht, drüben bei den äußersten Parzellen, seien Windbrüche in den Eichenschlag gefallen.

»So reite morgen!« bat sie, »der Schaden wird ja drum nicht größer werden!«

»Morgen? Morgen ist wieder andres da.«

Er blickte sie nicht an; er stand wie ein Gefesselter, der ungeduldig auf Befreiung wartet, aber sie klammerte sich nur fester an ihn. »Ich bin wohl töricht«, sagte sie, »aber mir ist so bange deinetwegen! Rudolf, lieber Mann, bleib bei mir, laß mich nur heute nicht allein!« Und da er unbeweglich blieb, legte sie die Hand an seine Wange, daß er die Augen zu ihr wenden mußte. »Du siehst so finster aus, du hörst mich nicht!«

Wohl hörte er sie; aber was sollte ihm die schöne Lebensfülle, die aus dieser Stimme ihm entgegendrängte? Wie eine Todesangst vertrieb es ihn aus der geliebten Nähe.

Hastig bückte er sich und berührte mit seinen Lippen flüchtig ihre Wange: »Laß mich jetzt, ich komme ja zu Abend wieder!«

Er stand schon vor der Haustür, wo die Magd das Pferd am Zügel hielt, während Anna noch seine Hand gefaßt hatte. Plötzlich riß er sich los, nickte noch einmal nach ihr zurück und ritt davon.

Aber es war bald nur noch der Rappe, welcher sich die Wege suchte; ob sie zu den Windbrüchen in den Eichen führten, was kümmerte das den Reiter!

Von der Treppenstufe vor der Haustür hatte Anna ihm nachgeblickt, solange ihre Augen ihn erreichen konnten ; dann griff sie über sich und legte ihre Hand um einen Ast der Eiche, welche hier ihr dichtestes Gezweige wölbte. So blieb sie stehen, die Wange gegen den eigenen schlanken Arm gepreßt, ihre Augen füllten sich mit Tränen, ein Schluchzen drängte sich herauf, das sie nun nicht zurückhielt. Was sollte sie beginnen? Sie hatte nicht den Mut verloren, sie wußte, sie durfte ihn nicht verlieren; nur nachts, wenn er in schwerem Schlummer stöhnte, hatte sie wohl in jähem Schreck sich über ihn geworfen; sonst, sie meinte doch, hatte sie tapfer ihre Angst hinabgeschluckt. Was hatte es ihr geholfen?

Über ihr ging ein Lufthauch durch den Baum, und ein Regen gelber Blätter wirbelte zu Boden; da gedachte sie der Fahrt zu Bernhard, die sie Rudolf neulich vorgeschlagen hatte;

die letzten schönen Tage schienen jetzt gekommen. Aber plötzlich, und sie schrak jäh in sich zusammen, kreuzte schon ein andres ihre grübelnden Gedanken. Sollte es Eifersucht auf Bernhard sein? Unmöglich! Aber dennoch; Rudolfs seltsames Gebaren war dann auf einmal zu erklären.

Noch einige Augenblicke blieb sie sinnend stehen; eine Hoffnung, ein mutiges Lächeln verklärte ihr junges Antlitz: sie meinte endlich dem unbekannten Feinde Aug in Aug zu schauen. Dazu, in nächster Zeit, erwarteten sie den Besuch von Rudolfs Mutter; war auch die Frau Forstjunker ihr selbst noch immer eine Fremde, sie liebte, sie kannte ihren Sohn seit seinem ersten Schrei: mit ihr im Bunde wollte Anna den Feind bekämpfen.

Ihre Hand ließ den Ast, den sie so lange umfaßt gehalten hatte, fahren; dann, ihr blondes Haar zurückschüttelnd, ging sie mit kräftigen Schritten in das Haus zurück.

Der Nachmittag verging, das Forsthaus und die alte Eiche glühten im Abendschein; dann kam die Dämmerung; dann hinter dem Walde stieg der Mond empor und warf seinen bläulichen Schimmer auf den leeren Platz am Hause; aber Rudolf war noch nicht zurück.

Wieder, wie am Vormittage, saß Anna wartend im Wohnzimmer, nur brannte jetzt die Lampe, und es war noch stiller um sie her. Mitunter sprang sie auf, und ihre Arbeit hinwerfend, trat sie ans Fenster und drückte das Ohr gegen eine der Glasscheiben, dann plötzlich lief sie vor die Haustür; aber nur die Eulen mit ihrer Brut schrien vom Walde herüber; auch einmal im Stalle hinten hatte der Hahn geträumt und krähte dreimal in die Nacht hinaus. Und wieder saß sie drinnen bei ihrer Arbeit, der eine Fuß nur auf der Spitze ruhend, das Haupt halb abgewandt, wie in die Ferne lauschend. Da, das war keine Täuschung, scholl es vom Weg herauf; das war der Hufschlag ihres Rappen, und näher und näher kam es. Sie war nicht aufgesprungen; langsam und wie vorsichtig, um keinen Laut von draußen zu verlieren, hatte sie sich aufgerichtet. »Rudolf!« rief sie, und endlich, im dunkeln Hausflur, hielt sie ihn umfangen. »Gott Dank, daß ich dich wiederhabe!«

Als sie aber drinnen beim Lampenschein in das verstörte Antlitz ihres Mannes sah, da ging sie aus dem Zimmer, als ob sie draußen im Hause etwas Eiliges zu beschaffen habe; dann nach einer Weile kehrte sie anscheinend ruhig zurück.

Bei ihrem Eintritt kam Rudolf ihr entgegen; er wollte nach seinem Zimmer; es seien noch Sachen, die er bis morgen fertigstellen müsse.

»Aber du willst doch erst zu Abend essen?« Und sie zog ihn an den schon längst gedeckten Tisch.

Er nahm auch einige Bissen. Dann stand er auf. »Laß dich nicht stören, ich muß machen, daß ich an die Arbeit komme!«

Ein schmerzliches Zucken flog um ihren Mund; aber sie suchte ihn nicht aufzuhalten. »Um zehn Uhr komm ich zu dir!« rief sie ihm freundlich nach, als er hinausging.

Die Arbeiten, von denen er gesprochen hatte, waren kein bloßer Vorwand, am folgenden Morgen hatte er sie dem Grafen persönlich zu überreichen. Auch saß er in seinem Zimmer bald darauf am Schreibtisch ; er sagte sich, das müsse noch beseitigt werden, und suchte gewaltsam, und bis das Hirn ihn schmerzte, seine Gedanken festzuhalten und auf einen Punkt zu drängen. Aber die Feder berührte meist nur das Papier, um das Geschriebene gleich wieder fortzustreichen; so ging es eine Weile, endlich sah er, daß er sie zerbrochen hatte. »Schlechte Musikanten!« murmelte er vor sich hin. »Der Graf hatte recht: es geht nicht mehr, aber weshalb denn geht es nicht?«

Da stand die rußige Gestalt des Schmiedes vor ihm; so dicht, die stierenden Augen und das verzerrte Antlitz lagen fast an dem seinen; ein leises höhnisches Gelächter fuhr ihm kitzelnd in die Ohren: »Dreizehn Jahre? Es kann auch früher kommen!«

Deutlich hatte er das sprechen hören! Er fühlte, wie sich das Haar auf seinem Haupte sträubte. Aber er hörte noch mehr: es jammerte, es wimmelte um ihn her; er war aufgesprungen und schlug mit beiden Armen um sich. »Fort!« schrie er; »fort, Gespenster!«

Aber er war doch nicht mehr allein in seinem Zimmer; die Geschöpfe seines Hirnes waren mit ihm da und wichen nicht. Mit heftigen Schritten ging er auf und ab, hastig bald links, bald rechts die Blicke werfend; der Schweiß war in großen Perlen ihm auf die Stirn getreten. Plötzlich machte er eine ausweichende Bewegung. »Der Hund!« sagte er leise. »Noch nicht! Ich warte nicht auf dich.«

Da schlug es zehn von der Wanduhr, und vom andern Ende des Hauses hörte er die Tür des Wohnzimmers gehen. Das war Anna; schon hörte er ihre Schritte auf dem Hausflur. Er blieb stehen und blickte um sich her: die Lampe brannte hell und warf ihren Schein in alle Winkel; es war alles ganz gewöhnlich.

Als Anna dann gleich darauf ins Zimmer trat, saß er wieder an seinem Schreibtische.

»Bist du bald fertig?« frug sie, die Hand auf seine Schulter legend; »ich weiß nicht, aber die Augen sind mir heut so schwer.«

Er sah nicht auf. »Ich denke; vielleicht ein halbes Stündchen noch.«

Und wie in den vorigen Nächten setzte sie sich still mit ihrer Arbeit neben ihn. Aber immer langsamer regten sich die schlanken Finger, und die halbe Stunde war noch nicht verflossen, da rückte sie ihren Stuhl dicht an den seinen, und von Müdigkeit überwältigt, sank ihr Haupt auf seine Schulter.

Behutsam, damit sie sicher ruhen könne, legte er den Arm um sie; und als die halbgeöffneten Lippen des jungen Weibes sich bald in gleichmäßigen leisen Atemzügen ihm entgegenhoben, da neigte er sich unwillkürlich zu ihr, um sie zu küssen. Aber es kam nicht dazu; wie in plötzlicher Erstarrung richtete er sich auf und griff mit der freigebliebenen Hand nach der vorhin fortgelegten Feder. Nein, nein, das war vorüber; die Arbeit, die da vor ihm lag, die mußte noch zu Ende!

Er begann auch wirklich bald zu schreiben, und der fast leere Bogen füllte sich bis auf die Hälfte; dann aber, während er grübelnd darauf hinstarrte, verloren sich die Buchstaben in verworrenes Gekritzel. Allmählich jedoch schien wieder eine bestimmte Vorstellung Platz zu greifen. Der Umriß eines menschlichen Schädels trat deutlich genug hervor; aus einem Tintenklecks daneben wurde eine spinnenartige Ungestalt, die immer mehr und längere Arme nach dem Schädel streckte; nur statt des Spinnen war es ein Hundskopf, der sich wie gierig aus dem dicken Leib hervordrängte.

Aber mit wie großer Emsigkeit auch Rudolf diese seltsame Arbeit zu betreiben schien, sie war doch nur der Punkt, von welchem aus seine Gedanken sich ihre finstern Gänge wühlten. Er hatte eben die Feder fortgeworfen, als Anna nach einem tiefen Atemzuge die Augen aufschlug. »Du, Rudolf?« Und wie ein erstauntes Kind blickte sie um sich her. »Aber du arbeitest nicht mehr, weshalb sind wir nicht zu Bett gegangen?«

Seine überwachten Augen sahen sie an, als habe er keine Antwort auf diese einfache Frage.

»Du schliefst«, sagte er endlich, »ich mochte dich nicht wecken.«

Sie wollte sich aufrichten, als ihr Blick auf das Papier fiel, worauf er eben jene symbolische Zeichnung hingeschrieben hatte. »Was ist das?« rief sie. »Was hast du da gemacht? Ein Totenkopf!«

Seine Lippen zitterten, als ob sie mit noch ungesprochenen Worten kämpften. »Nein, nein«, sagte er; »das nicht, so war es nicht gemeint.«

Anna sah ihn ängstlich an: »Weshalb nimmst du deinen Arm fort, Rudolf? Du hältst mich jetzt so selten nur in deinem Arm!«

Er riß sie heftig an sich, und noch einmal sank ihr Kopf an seine Schulter; wie in Angst, als ob sie ihm entschwinden könnte, umschloß er sie mit beiden Armen. So saßen sie lange; nur die Atemzüge des einen waren dem andern hörbar. »Anna!« kam es zuerst dann über seine Lippen.

»Ja, Rudolf?«

»Was meinst du, Anna« aber es war, als würde er nur mühsam seiner Worte Herr –, »ich dächte, wir könnten morgen wohl zu Bernhard fahren?«

»Zu Bernhard?« Sie hatte sich losgewunden, das Kartenhaus, das sie sich mit soviel Sorge aufgebaut hatte, drohte einzustürzen: Rudolf war nicht eifersüchtig! Oder als ob sie alles um sich her vergesse, stand sie vor ihm sollte es mit dieser Reise eine Liebesprobe gelten?

Wie auf sich selber scheltend, schüttelte sie zugleich das Haupt; aber sie mühte sich umsonst, ein andres zu ergrübeln; der Ton seiner Stimme war nicht gewesen, als ob er sie zu einer Lustreise hätte auffordern wollen.

Und jetzt hörte sie dieselbe Stimme wieder: »Du antwortest mir nicht, Anna!«

Sie warf sich vor ihm nieder: »Rudolf, geliebter Mann! Wann und wohin du willst!« Ein leuchtender Strom brach aus den blauen Augen, und die jungen Arme streckten sich ihm entgegen.

Aber nur eine kalte Hand legte sich auf ihr Haupt, das flehend zu ihm aufsah: »So laß uns versuchen, ob wir schlafen können.«

Am andern Morgen saß Rudolf schon wieder früh am Schreibtisch, seine Feder flog, die halbfertigen Arbeiten wurden rasch vollendet, ebenso rasch mußte der Schreiber sie kopieren. Inzwischen ordnete er selbst, was an Schriften und Karten sich auf Tisch und Stühlen in den letzten Tagen angehäuft hatte; oftmals warf er einen Blick auf die Wanduhr, um dann wieder in stummem düsterem Vorwärtsdrängen seine Arbeit fortzusetzen.

Als es acht geschlagen hatte, nahm er die von dem Schreiber fertiggestellten Schriften und machte sich auf den Weg zum Schlosse. Im Zimmer des Grafen, der in anderen

Arbeiten saß, gab er auf die hastig hingeworfenen Fragen rasch und knappe Auskunft; es schien ihm wenig daran gelegen, ob seine Meinung Beifall finde.

Der Graf sah seinem Förster in das blasse Gesicht, und als dieser nach einem längeren geschäftlichen Gespräche fortgegangen war, blickte er noch eine Weile gegen die Tür, bevor er sich wieder zu der vorhin verlassenen Arbeit wandte.

Nachdem das junge Ehepaar zeitig sein Mittagsmahl eingenommen hatte, wurde der Einspänner aus dem Schuppen gezogen und der Rappe in die Deichsel gespannt. Wohl eine Stunde lang fuhren sie am Rande der gräflichen Waldungen; wieder, wie tags vorher, stand die goldene Septembersonne am Himmel, und der stärkende Duft des herbstlichen Blätterfalles erfüllte die Luft um sie her.

Nach einer weiteren Stunde sahen sie den Gutshof liegen; als sie in eine kurze Allee von Silberpappeln einbogen, lag am Ende derselben, durch einen sonnenhellen Raum davon getrennt, das Wohnhaus vor ihnen.

»Da ist schon Bernhard!« sagte Anna und wies auf eine kräftige Gestalt, welche neben der Haustür stand und, die Augen mit der Hand beschattend, dem ankommenden Gefährt entgegensah.

Rudolf nickte nur, und Anna sah es nicht, daß seine Hände sich wie in verbissenem Schmerz zusammenballten; nur das Pferd, das er am Zügel hielt, empfand es und bäumte sich in seiner Deichsel.

Als der Wagen vor dem Hause anfuhr, war das verschwunden. »Da sind wir endlich!« sagte er, Bernhard die Hand entgegenstreckend.

Bernhard sah ein wenig überrascht, fast verlegen aus; aber auch das verlor sich gleich. »Seid willkommen, du und Anna!« sagte er herzlich. »Ich erkannte euch erst, als ihr hier in den Sonnenschein hinausfuhrt.«

Nun kam auch Julie aus dem Hause, und die Begrüßung wurde lebhafter; und als man erst drinnen um den blinkenden Kaffeetisch der jungen Wirtin saß, geriet auch ohne die Männer sogleich die Unterhaltung, denn das Geschwisterpaar war kürzlich in Annas Elternhause auf Besuch gewesen, und diese hatte fast noch mehr zu fragen, als jene zu berichten. Nach beendetem Kaffee drang Rudolf auf einen Spaziergang durch die Gutsflur, die zwar seiner Frau, aber ihm noch nicht bekannt sei. Anna wollte eben ihren Arm in den der Freundin legen, als sie Rudolf sagen hörte: »Du, Bernhard, nimmst dich meiner Frau wohl an; Fräulein Julie wird mit mir sich plagen müssen; übrigens« und er wandte sich zu dieser –, »ich verspreche, heute nicht zu zanken.«

»Sie haben auch heute keine Ursache mehr«, entgegnete Julie leise und warf, plötzlich ernst geworden, einen liebevollen Blick auf ihren Bruder.

Dem jungen Förster war weder dieser Blick noch dessen Bedeutung entgangen; aber er nickte düster vor sich hin, als sei ihm das so recht, dann folgte er mit Bernhards Schwester den Vorausgehenden. Nachdem Haus und Garten und pflichtgemäß dann auch noch Keller und Scheune besichtigt waren, ging man ins Freie, zunächst über abgeheimste Weizenfelder, wo nur noch Scharen von Sperlingen oder mitunter ein Häuflein barfüßiger Kinder ihre Nachlese hielten. Anna mit ihrem zum Zerspringen vollen Herzen rief eins der kleinen Mädchen zu sich, und als es, nach einem ermunternden Worte Bernhards, langsam herangekommen war, zog sie ein blaues Seidentüchlein aus ihrer Tasche und band es, auf den Boden hinkniend, ihm sorgsam um sein Hälschen. Sie küßte das Kind und drückte es heftig an sich. »Behalt das von der fremden Frau!« sagte sie; »doch halt!«, und sie sammelte ein Häuflein kleiner Münzen und drückte die Finger des Kinderfäustleins darum zusammen; dann, während der kleine Flachskopf ihnen stumm mit großen Augen nachsah, ging die Gesellschaft weiter.

Sie gingen wiederum gepaart wie damals auf Annas Heimatsflur, nur daß diese jetzt wiederholt den Kopf zurückwandte und erst, wenn sie einen Blick von Rudolf aufgefangen hatte, das Gespräch mit Bernhard fortsetzte, das ohnehin nicht recht in Fluß geraten wollte. Rudolf freilich beobachtete auch heute unablässig die Vorangehenden und wog bei sich den Ton in Bernhards und in seines Weibes Stimme; aber es war kein unruhiges Verlangen, nur ein leidvolles Entsagen sah aus seinen dunklen Augen.

»Sie wollten nicht zanken, Herr von Schlitz«, sagte neben ihm die Stimme seiner Partnerin ; »aber Sie sind völlig stumm geworden.«

Er wollte eben ein höfliches Wort erwidern, als sie aus der Enge eines mit Hagebuchenhecken eingezäunten Weges heraustraten und nun vor einer weiten Moorfläche standen, auf der hie und da eingestürzte Torfhaufen zwischen blinkenden Wassertümpeln lagen. »Das haben die Gewitterregen uns verwaschen«, sagte Bernhard; »aber wir müssen umkehren, der Weg, der hier am Moor entlangführt, ist nicht für Damenschuhe eingerichtet.«

Rudolf war ein paar Schritte auf dem bezeichneten Wege fortgegangen. »Für uns Männer wird's schon taugen«, sagte er, sich zu Bernhard wendend; »die Damen werden uns entschuldigen; nicht deinen Torf, aber von deinen Jagdgründen möchte ich hierherum noch etwas sehen.«

»Wenn du willst«, meinte Bernhard; »aber es ist nicht viel damit.«

»Nun, so reden wir ein Stück mitsammen!«

Anna blickte ihn an: Was wollte Rudolf? Mit Bernhard allein sein? Auf seinem Angesicht war nichts zu lesen; nur der beklommene Ton, den sie in seiner Stimme bemerkt zu haben glaubte, schien zu dem einfachen Inhalt seiner Worte nicht zu passen. Aber es war ja Bernhard; was konnte zwischen ihm und Bernhard Übles denn geschehen! Wie ein Morgenschein leuchtete das Vertrauen zu ihrem Jugendfreunde auf ihrem schönen Antlitz; lächelnd nickte sie den beiden Männern nach, dann nahm sie Juliens Arm, um mit ihr den Rückweg anzutreten.

»Das ist die Rache«, sagte sie scherzend; »vor einem Jahre waren wir es, die sie im Stiche ließen.«

Aber Rudolf und Bernhard redeten nicht miteinander, und die Jagdgründe wurden weder besichtigt noch aufgesucht. Schon lange waren sie schweigend auf dem durch tiefe Wagenspuren zerrissenen Wege fortgegangen, beide die Augen nach der untergehenden Sonne gerichtet, die mit ihren letzten Strahlen das braune Heidekraut vergoldete. Eine Nachtschwalbe mit ihrem lautlosen Fluge huschte vor ihnen auf und duckte sich eine Strecke weiter von ihnen auf den Weg, bis sie wiederum auch hier vertrieben wurde. »Weshalb«, begann endlich Bernhard, wie nur um überhaupt ein Wort zu sagen, »seid ihr nicht im Sommer zu uns gekommen, als die Heide blühte und das Korn geschnitten wurde? Deine Frau schrieb einmal darüber meiner Schwester; aber ihr kamt doch nicht.«

Rudolf, der neben ihm ging, blieb einen Schritt zurück. »Du weißt«, sagte er, »es war von beiden Seiten etwas zu verwinden.«

Der andre zuckte, und seine Hand zitterte, mit der er sich den starken Bart zur Seite strich : »Also Anna hat es dir mitgeteilt, daß ich so beschämt vor ihr gestanden?«

»Du meinst, sie sollte ein Geheimnis mit dir teilen!«

»Nicht das, Rudolf«, sagte Bernhard ruhig; »aber was nützte es dir, zu wissen, daß ich soviel ärmer bin als du?«

Rudolfs letzte Worte waren jäh herausgefahren; jetzt trat er wieder an Bernhards Seite. »Du kamst zu spät«, sagte er; »dasselbe hätte mir geschehen können; und wenn es so gekommen wäre, ihr wäre dann wohl ein glücklicheres Los gefallen.«

Die lang bedachten Worte waren ausgesprochen; aber seine Stimme wankte, und seine Augen, mit denen er, jetzt stehenbleibend, den andern anstarrte, waren wie versteint.

Bernhard sah ihn fast entsetzt an. »Mensch«, schrie er, »wie kannst du, der Glückliche, so etwas zu mir sprechen?«

Rudolf beantwortete diese Frage nicht. »Bernhard«, sagte er leise, »du liebst sie noch; gesteh es, daß du sie noch liebst!« Ein feindseliges Feuer brannte in seinen Augen, aber er drängte es mit Gewalt zurück.

Bernhard hatte nichts davon gemerkt; er sagte düster: »Du solltest doch der letzte sein, der daran rührte.«

»Nein, nein, Bernhard, du irrst! Sich nicht auf mein Gesicht; aber glaub es mir: es tut mir wohl, daß du sie liebst«; und er ergriff Bernhards beide Hände und drückte sie heftig; »nun weiß ich, du wirst sie nicht verlassen.«

Der andere erhob langsam das Haupt: »Was willst du, Rudolf? Weshalb bist du heute zu mir gekommen? Gewiß, wenn Anna jemals meiner bedürfte; wenn deine Hand nicht mehr da wäre, ich würde Anna nicht verlassen, nicht solang ich lebe.«

Rudolf hatte beide Hände vors Gesicht gedrückt. »Ich danke dir«, sagte er leise; »wollen wir jetzt zurückgehen?«

Es geschah so; und die grauen Schleier der Dämmerung breiteten sich immer dichter über Moor und Feld. Rudolf hatte seinen Zweck erreicht: was er bisher nur geglaubt hatte, war ihm jetzt Gewißheit; das übrige, er sagte es sich mit Schaudern, würde sich von selbst ergeben.

Auch Bernhard war in tiefem Sinnen neben ihm geschritten.

»Aber«, begann er jetzt, nachdem sie vom Moore wieder zwischen die Felder hinausgelangt waren, »wie sind wir doch in ein solches Gespräch geraten? Du lebst und bist gesund; weshalb sollte Anna anderer Hülfe bedürfen?«

Rudolf hatte diese Frage erwartet, ja, er hatte sich künstlich darauf vorbereitet; jetzt, da sie wirklich an ihn herantrat, machte es ihn stutzen; ein Gefühl wie bei unredlichem Beginnen überkam ihn, es war schon recht, daß die zunehmende Dunkelheit sein Angesicht verdeckte. »Ich habe dir wohl schon davon gesprochen«, sagte er, »daß ich meinen Vater plötzlich durch einen frühen Tod verlor; es war ein Herzleiden; einem und dem andern unserer Vorfahren ist es ebenso ergangen; allerlei Symptome waren vorausgegangen ich war noch ein Kind; aber später hat meine Mutter mir es erzählt, in den letzten Monden hab ich ganz dasselbe auch bei mir bemerkt; es geht mir nach, ich könnte auch plötzlich so hinweggenommen werden.«

Bernhard ergriff seine Hand, deren herzlichen Druck er nicht zu erwidern wagte: »Aber weshalb ziehst du nicht einen Arzt zu Rate, einen Spezialisten?«

»Ich tat es ; neulich bei Gelegenheit meiner Geschäftsreise.«

»Und er hat dir keinen Trost gegeben?«

»Doch, was so die Ärzte schwatzen, aber ich weiß es besser.«

Noch einmal empfand er Bernhards Händedruck, in welchem alle Versicherung eines treuen Herzens lag.

Ein paar Stunden später befanden die Förstersleute sich wieder auf der Rückfahrt. Anna saß an ihres Mannes Seite das Haupt geneigt, wie in Gedanken eingesponnen: Rudolf und Bernhard ihr war es immer wieder, als sähe sie die beiden in der sinkenden Dämmerung an dem Moore entlanggehen ; sie meinte die erregte Stimme ihres Mannes, die beschwichtigende ihres Jugendfreundes zu vernehmen; nur die Worte selbst ja, wenn sie nur die Worte hätte hören können! Sie war ja jung, sie fürchtete sich nicht; nur wissen mußte sie, wo sie das Unheil fassen könne. Aber auch Bernhard mußte ja von allem wissen; hatte doch auch er, der noch am Nachmittage wie in früherer Zeit mit ihr geplaudert hatte, beim Abendessen kaum ein Wort oder doch nur wie gezwungen zum Gespräche beigetragen! Einen Augenblick war's, als ständen ihr die Gedanken still, dann aber richtete sie sich mit einem tiefen Atemzuge auf; gleich morgen sie wußte keinen andern Ausweg- wollte sie an Bernhard schreiben. »Wo sind wir, Rudolf?« frug sie und sah mit klaren Augen um sich.

Rudolf schrak empor, als würde er aus schwerem Traum geweckt, und wieder, wie auf dem Hinwege, fuhr das Pferd in der Deichsel auf. Ein paar Schläge mit der Peitsche, dann wies er schweigend nach den Wäldern, die sich einige Büchsenschüsse weit zu ihrer Rechten gleich einem düsteren Wall entlangzogen. Darüber stand der volle Mond, der in der weichen Herbstnacht ein fast goldenes Licht über die schlafenden Fluren ausgoß. »Wie schön!« sagte Anna. »Ist das da drüben euere Wildnis? Armer Rudolf, die wird dir wohl noch viel zu schaffen machen!«

Er hatte den Kopf zu ihr gewandt; und er sah sie an, als ob er keine Antwort darauf habe. Sie bemerkte es nicht; das Tuch um ihre Schultern war herabgeglitten, und sie mühte sich, es wieder festzustecken. Als sein Blick auf ihre unverhüllte Hand fiel, deren schöne Form das milde Nachtgestirn mit seinem Licht verklärte, zuckte es um des Mannes Lippen, und seine Augen wurden wie vor Schmerz gerötet.

Der Weg zog sich dichter an die Wälder, und bald rollte der Wagen in ihrem Schatten; das Mondlicht fiel jetzt über sie hin auf die weiter seitwärts liegenden Wiesen; eine weidende Kuh brüllte ein paarmal von dort herüber. »Zu Hause!« sagte Anna, ihre Reisehüllen von sich streifend, »wir sind gleich zu Hause!«

Als bald darauf der Wagen anhielt, trat von der Haustreppe die Magd in augenscheinlicher Hast heran: die Frau Forstjunkerin seien abends angekommen, aber vor einer Stunde schon zur Ruh gegangen ; Frau Försterin möge sich nur ganz beruhigen, Sie hätten ihr, der Magd, den Speisekammerschlüssel ja gelassen, es habe der gnädigen Frau an nichts gefehlt.

Rudolf, der schon neben dem Wagen stand, war totenbleich geworden; wäre der Schatten des Hauses nicht gewesen, so hätte Anna es gewahren müssen. »Jetzt schon!« kam es kaum hörbar über seine Lippen; dann hob er das junge Weib herab und sagte laut: »So muß ich morgen früh heraus!«

»Morgen, Rudolf? Aber du bist dann zeitig doch zurück?«

Er war schon in das Haus getreten, und Anna folgte mit der Magd, den Kopf jetzt voll Gedanken an die Gegenwart der Mutter, deren Beistand sie nicht mehr in Rechnung nahm.

Es war noch dunkel, als vor Anbruch des Morgens neben dem Bette der schlummernden jungen Frau sich ein schweres, überwachtes Haupt aus den Kissen hob. Bald darauf ein dichter Nebel draußen machte die erste Dämmerung noch fast zur Nacht trat Rudolf leisen Schrittes in sein Zimmer; tastend, mit unsicherer Hand, zündete er die auf dem Tische stehende Lampe an, bei deren Scheine jetzt sein blasses Antlitz mit den brennenden Augen aus dem Dunkel trat.

Nachdem er die Klappe des am Fenster stehenden kleinen Pultes aufgeschlossen und eine Lage Papier herausgenommen hatte, setzte er sich daneben an den Tisch und begann zu schreiben. Eine amtliche Arbeit schien es nicht zu sein, denn er hatte weder Pläne noch Rechnungen dabei zugezogen. Mitunter stützte er den Kopf, und ein tiefes Stöhnen übertönte das einförmige Geräusch der rastlos fortschreibenden Feder; dann fuhr er wohl empor und blickte hastig um sich und wandte das Ohr nach der Richtung des vorhin verlassenen Schlafgemaches; aber nichts rührte sich in dem stillen Hause: Anna mußte von der gestrigen Reise sehr ermüdet sein, sogar die Magd schien sich heute zu verschlafen; und schon begann ein graues Morgendämmern vor den unverhangenen Fenstern.

Endlich stand er auf, hob wiederum die Klappe des Pultes und legte das Geschriebene hinein. Aber es war ihm das nicht gleich gelungen, denn seine Hand zitterte jetzt so stark, daß er sie an dem eisernen Überfall des Schlosses blutig gestoßen hatte. Ein kurzes Bedenken noch; dann nahm er seine beste Kugelbüchse aus dem Gewehrschranke und lud sie sorgsam. Er hatte sie umgehangen und war schon aus der Tür getreten, als er noch einmal umkehrte. Auch die Jagdtasche nahm er noch vom Haken und hing sie behutsam über seine Schulter; vielleicht entsann er sich, daß vor dem Schlafengehen Annas Hände ihm das Frühstück für den angekündigten Morgengang bereitet und dahinein gesteckt hatten. Eine Weile noch stand er, die Finger um die Lehne eines Stuhles geklammert; dann ging er.

Er ging über die Wiesen an dem Wald entlang; der Nebel stand noch dicht über den Feldern und zwischen den Bäumen; von den Zweigen fielen schwere Tropfen auf ihn herab. Als er in den durch die Holzung führenden Fahrweg eingebogen und eine Strecke darauf fortgegangen war, hörte er Schritte sich entgegenkommen, und bald auch erkannte er aus dem Nebel einen Mann, welcher, den Kopf voraus und mit den Armen mächtig um sich fechtend, eifrig vor sich hin redete, als ob er ein wichtiges Erzählen vor sich habe.

Rudolf, der einen der Holzschläger erkannt hatte, wollte rasch vorübergehen; aber der andere hob jetzt den Kopf. »Ah so, der Herr Förster!« rief er, die Mütze herunterreißend. »Ich soll aufs Schloß zum Herrn Inspektor; ist wieder der Teufel los mit dem Klaus Peters; die andern kamen aber eben recht, daß wir ihn binden konnten!«

Rudolf blieb stehen und starrte den Sprecher an; Klaus Peters war der junge Arbeiter, der als Ehemann aus dem Irrenhaus zurückgekehrt war.

Der andere aber begann jetzt wieder sein Fechten mit den Armen. »Immer um die Kate herum, Herr Förster«, rief er, »und das, die Holzaxt in der Faust; und die Frau rannte vor ihm auf und schrie Zetermordio, daß wir's in unsern Betten hören konnten! Es wird nicht helfen, der Herr Graf mögen nur recht weit den Beutel auftun, denn zum andernmal kommt er wohl nicht zurück, wenn sie ihn erst wieder sicher in der Anstalt haben.«

Der alte Holzschläger, während er nach einem Endchen Rolltabak in seiner Tasche suchte, wartete vergebens auf eine Beifallsäußerung seines Vorgesetzten. »So, so?« sagte dieser endlich, ohne daß sich anderes als nur die Lippen an ihm zu regen schien; » ja, da muß zeitig Rat geschafft werden.«

Dann wandte er sich plötzlich und schritt auf einem Seitenwege in den Wald hinein, wo er den Blicken des verwundert Nachschauenden bald entschwunden war.

Kurz ehe dies im Walde geschah, hatte im Forsthause auch die junge Frau sich aus dem Schlaf erhoben; erschrocken, daß schon der graue Tag ins Fenster sah, warf sie rasch die Kleider über ; sie hatte ja noch an Bernhard schreiben wollen, ehe die Mama das Bett verließe. Als sie aber mit ihrem Schlüsselkörbchen auf den Flur hinaustrat, kam Frau von Schlitz ihr in fertigem Morgenanzug schon entgegen.

»Mama!« rief Anna überrascht; »willkommen bei uns! Aber so früh? Sie müssen schlecht geschlafen haben?« Frau von Schlitz hatte freilich schlecht geschlafen ; es war nicht nur die Mißstimmung über die Abwesenheit des Ehepaars bei ihrer Ankunft; aber aus den Briefen beider hatte sie leicht herausgefunden, daß ihre Erwartungen von dieser Ehe sich keineswegs erfüllt hatten. Doch äußerte sie nichts dergleichen, sondern sagte nur: »Ich bin keine Langschläferin, mein Kind!« Aber Anna wurde fast verlegen unter dem strengen Blick, von welchem dieses Wort begleitet wurde. »Und wo ist denn mein Sohn?« begann Frau von Schlitz wieder. »Ich suchte ihn schon vergebens in euerem Wohnzimmer.«

»Ich fürchte, Mama, er wird schon seinen Reviergang angetreten haben.«

»Heute? Er wußte doch von meiner Ankunft?«

»Gewiß; aber er hat wohl nicht gedacht, daß Mama so früh schon auf sein würden.«

»Laß uns nach seinem Zimmer gehen, Kleine!« sagte Frau von Schlitz und schritt sogleich den dahin führenden Gang hinab. Von Anna gefolgt, öffnete sie die Tür, aber es war niemand in dem Zimmer. »Zürnen Sie ihm nicht, Mama«, bat die junge Frau ; »er wird nun desto früher wieder da sein!«

Aber die Ältere, die mit raschen Blicken alles um sich her gemustert hatte, wies mit ausgestrecktem Finger nach dem kleinen Pult am Fenster: »Dort steckt ja noch der Schlüsselbund; das ist doch nicht die Ordnung, die ich meinem Sohn gelehrt hatte!«

Anna erschrak; das war auch jetzt nicht Rudolfs Weise. »So muß er noch nicht fort sein!« sagte sie beklommen und trat hinzu, um den Schlüssel abzuziehen. Aber als sie mit der Hand die Klappe faßte, gab diese ohne Widerstand dem Drucke nach; der Schlüssel war nicht einmal umgedreht.

In unbewußtem Antrieb hatte Anna sie jetzt völlig aufgehoben; doch nur ein paar Sekunden lang blickte sie hinein, dann schlug die Klappe zu, und wie ein Schrei brach der Name »Rudolf!« über ihre Lippen. Sie hatte nur die ersten Worte einer Schrift gelesen, welche obenauf im Pulte lag; jetzt hielt sie sie mit ihren beiden Händen. Sie stand hoch aufgerichtet; ihre Augen, starr wie Edelsteine, aber leuchtend, als ob sie ihren letzten Glanz versprühen sollten, flogen über die sichtbar am Morgen erst geschriebenen Zeilen.

Es war ein Abschiedsbrief, den Rudolf hinterlassen hatte, ein Bekenntnis, daß er wahnsinnig sei, daß er es längst gewesen, daß er sie betrogen habe; dann in dunklen Andeutungen daß ein besseres Geschick, das er, der rettungslos Verlorene mit seiner Leidenschaft gestört, sich noch an ihr erfüllen werde. Und dann nichts weiter; nur ein durchstrichenes Wort noch, nicht einmal der Name.

Mit steigender Unruhe hatte Frau von Schlitz dem Vorgange zugesehen; jetzt hatten ihre Augen auch das Blatt gestreift und Rudolfs Schrift darauf erkannt. Unwillkürlich streckte sie die Hand danach. »Was schreibt er?« frug sie, und ihre Stimme war nur wie ein Flüstern. »Gib! Ich muß es selber lesen!«

Und Anna fühlte kaum, wie ihr das Blatt entrissen wurde. Wie ein Wetterschlag war es auf sie herabgefahren; aber auch das Dunkel war einem scharfen Licht gewichen. Mit ausgestreckten Armen lag sie auf den Knien, ihre Lippen stammelten gebrochene Worte, aber schon war sie wieder aufgesprungen; wie ein Hellsehen war es über sie gekommen: ihm nach; sie hatte keine Zeit zum Beten!

Da, als sie fortwollte, fühlte sie ihre Füße von zitternden Armen aufgehalten ; kaum erkannte sie das Antlitz, das stumm, wie einer Sterbenden, zu ihr aufsah. »Mama!« rief sie. »Sind sie es denn, Mama?«

Nur ein Stöhnen kam aus dem zuckenden Munde, während die Arme sich noch fester um die Knie des jungen Weibes klammerten. Anna suchte sich vergebens loszumachen; sie neigte sich zu der Liegenden, sie flehte, sie schrie es fast zuletzt: »Lassen Sie mich, Mama; ich muß zu ihm, zu Rudolf! Sie wissen's ja, der Tod ist hinter ihm!«

Die stumpfen Augen in dem so plötzlich alt gewordenen Gesicht der Mutter flammten auf. »Mein Sohn!« schrie sie und sprang empor. »Ja, ja; wir müssen zu ihm!«

»Nein, Mutter; bleiben Sie, Sie können nicht ich muß allein!«

Aber die starke Frau hatte sich an ihren Arm gehangen: »Hab Erbarmen, nimm mich mit zu meinem Sohn! Du haßt mich, Anna, du hast ein Recht dazu; aber nimm mich mit; du warst nicht seine Mutter!«

Ratlos blickte Anna auf die Frau, die ihrer Sinne kaum noch mächtig war. »Nein!« rief sie; »o nein, kein Haß, Mama; Sie haben ja um ihn gelitten! Aber um seinetwillen, ich muß allein...«

Sie sprach nicht mehr; die Sekunde drängte, sie mußte fort, sie mußte fliegen, wenn es möglich war; und das junge Weib rang mit der Mutter, die sie nicht lassen wollte; auf beiden Seiten die Kraft und die Todesangst der Liebe.

Doch nur noch ein paar Augenblicke; dann sprang die Stubentür zurück, und gleich darauf wurde auch die Haustür aufgerissen. Drinnen im Zimmer lag die Mutter auf den Knien ; draußen über die Wiesen, entlang dem Waldesrande, lief, nein flog, wie mit dem Tode um die Wette, das junge Weib des Försters.

Aus einer engen Lichtung in jenem wild verwachsenen Teil des Waldes flatterten zwei Vögel auf, schwebten eine Weile darüber und hüpften, scheu hinabäugelnd, dann wieder von einem Zweig zum andern in die Tiefe, von der sie vorhin aufgeflogen waren. Es waren ein Paar Rotkehlchen, denen sich jetzt noch eine Meise zugesellte. Als sie bald danach aufs neue über den Wipfeln sichtbar wurden, jagten sie sich schreiend durch die Zweige, denn die Meise trug einen Brocken im Schnabel, von welchem die andern ihren Anteil haben wollten.

Unten in dieser Waldenge auf einem von Moos und Flechten übersponnenen Granitblock saß ein bleicher Mann; neben ihm lehnte eine Kugelbüchse; an seiner Brust, aus der halboffenen Joppe, ragte ein Strauß verdorrter Maililien, den er zuvor hart an dem Steine aufgesammelt hatte. Dem Anscheine nach mußte man ihn bei seinem Frühstück glauben, denn er hatte seine Jagdtasche, wie zur Tafel dienend, auf den Schoß gelegt; eine angebrochene Schwarzbrotschnitte hielt er in der Hand. Aber er selber hatte nichts davon genossen, wie in Andacht, als ob er ein Heiliges berühre, brach er das Brot in kleine Brocken und streute es vor sich hin in das Kraut. Als die Vögel jetzt zu ihm hinab- und gleich darauf wieder emporflogen, hob er den Kopf und blickte ihnen nach; die Meise, welche diesmal nichts erhascht hatte, saß noch drüben auf einem Buchenzweig und schaute mit bewegtem Köpfchen zu ihm hin; vielleicht erkannte sie den jungen Förster, der so oft durch ihr Revier geschritten war.

Kein Lufthauch ging durch die fast lautlose Einsamkeit, selbst der Vogel schien durch die düsteren Augen des Mannes wie auf seinen Zweig gebannt; nur von Zeit zu Zeit löste knisternd sich ein gelbes Blatt und sank zu Boden. Unhörbar streckte Rudolfs Hand sich nach der Kugelbüchse, und schon wollte er sie fassen, da, ganz aus der Ferne, kaum vernehmbar, drang ein Schall herüber. Und wieder nach kurzer Pause kam es, und dann stärker, wie vom aufgestörten Morgenhauch geschwellt; die Glocke der fernen Schloßuhr sandte ihren Ruf durch Wald und Felder. Auch an Rudolfs Ohr war er gedrungen; seine Hand stockte; er zählte: sieben Uhr schon! Anna mußte jetzt seinen Abschiedsbrief gelesen haben; sie wußte alles. Und plötzlich stand ihm eines, nur dies eine vor der Seele: das Schweigen, das furchtbare Schweigen war ja nun zu Ende!

Er hatte sich so jäh emporgerichtet, daß ihm gegenüber der Vogel kreischend durch die Zweige fuhr. Was gab es nur? Was hatte er hier gewollt? Ihm war, als sei er träumend einem Abgrund zugetaumelt.

Hoch über ihm, als hätte auch sie die Glocke wachgerufen, durchbrach jetzt die Sonne den grauen Dunst; sie streute Funken auf die feuchten Wipfel und warf auch einen Lichtstrahl in des Mannes Seele, der hier unten noch im Schatten stand; er wußte es plötzlich, er fühlte es hell durch alle Glieder rinnen: der Arzt hatte recht gehabt; er war gesund, er war es längst gewesen; es drängte ihn, sogleich die Probe mit sich anzustellen. Und mit unerbittlicher Genauigkeit rief er sich den Bericht des Holzschlägers ins Gedächtnis; er unterschlug sich nichts; er ließ den jungen Tollen mit der Axt sein Weib verfolgen, er zwang sich, ihr Geschrei zu hören; aber es blieb für ihn ein Fremdes, das sein eignes Leben nicht berührte.

Sein Leben ja, jetzt konnte er es beginnen! Die Waldesenge um ihn wich zurück, und jene Sonnenlandschaft, unter deren Bilde ihm das ersehnte Glück so oft erschienen war, breitete sich licht und weit zu seinen Füßen ; der Weg war offen, der zu ihr hinabführte.

Aber das Bild verschwand; er stand noch in demselben Waldesschatten. Nein, nein; nicht eine Krankheit, aber eine Schuld war es, die seine Kraft gelähmt und ihn vor Schatten hatte zittern lassen. Und nun vor allen andern Wegen mußte er den zurück, den er hierher gegangen war ; ein reuiger Verbrecher mußte er auf die Schwelle seines Hauses treten! Ihn schauderte, die Füße schienen ihm im Boden festzuwurzeln.

Da kam ein Rauschen aus dem wilden Dickicht, und wie ein Leuchten flog es über seine finsteren Züge. »Anna!« schrie er; »Anna!« und streckte beide Arme in die Leere. Wo war sie? Sie suchte ihn! Er wußte es, daß sie ihn suchte; er sah sie vor sich in ihrer Todesangst, die schlanken Glieder, wie sie durch Zweige brachen, die blauen Augen links und rechts hin irre Strahlen werfend. »Ich komme!« rief er. »Ja, ich komme!«

Ihm war, als ob aus leerer Luft ihm Kräfte wuchsen; vor seinem Weibe wollte er in Demut knien und dann auf seinen Armen sie durchs Leben tragen! Nur noch die Kugel, die im Rohre steckte, diese Kugel durfte nicht mit ihm zurück! Er sah empor; ein mächtiger Falke zog über den Waldeswipfeln seine Kreise. Doch kein Blut! Frei durch den weiten Himmel, ein Gruß ins neue Leben, sollte diese Kugel fliegen! Und sich niederbeugend, faßte er mit raschem Griff den Schaft der Büchse.

Aber ihm im Rücken, am Rand der Lichtung, war eben eine zitternde Frauengestalt erschienen. Wie ohnmächtig hatte sie dagestanden; jetzt gellte ihr Schrei ihm in den Ohren, und während junge Arme sich um ihn warfen, fuhr mit dumpfem Krach die Kugel aus dem Rohr.

Sie schien es nicht zu merken; aber sie bog sich von ihm ab, sie stemmte ihre Hände gegen seine Schultern und sah ihn mit fast wilden Augen an.

Da schrie er auf: »Du blutest! Du bist getroffen, Anna!«

Ihre Hände wehrten schwach den seinen, die an ihrem Nacken suchten. »Nein, nur die Dornen ich fühle nichts aber du!« es war, als hätten diese Worte eine Felsenlast zurückgestoßen »du lebst!« schrie sie; »du lebst!« scholl es noch einmal aus der ganzen Fülle ihrer Brust; dann brach sie in seinen Armen zusammen.

Drei Tage waren seitdem verflossen; unter dem Dach des Försterhauses lag Anna in den weißen Linnen ihres Bettes. Keine Kugel hatte sie verletzt; auch nicht die Wunden, die die Dornen ihr gerissen der jähe Strahl des schon verloren gegebenen Glückes war es gewesen, der sie hingeworfen hatte. Und auch nicht um dies kräftige Leben selber, vielmehr nur um ein zweites, das in seinem Schoß dem Licht entgegenkeimte, hatte die Natur ihr stilles Ringen zu bestehen. Aber schon blickten die Augen der jungen Mutter froh und siegreich um sich, während sie im Grund der Seele nur ein Erinnern jenes Morgens festhielt; nur wie die Arme ihres Mannes sie vom Boden hoben und wie dann, schon im Erlöschen ihrer Sinne, sich ihr Haupt an seiner Brust zur Ruhe legte.

In den Nächten, die dann folgten, hatte Rudolf in seltenem Wechsel mit der Mutter, die jetzt selbst der Ruhe bedurfte, neben ihr gewacht und ihren Schlaf behütet. Der Tag fand ihn im Forste, an den Sümpfen; dann wieder an seinem Arbeitstische oder Bericht erstattend und seine Pläne klar entwickelnd bei dem Grafen; noch niemals hatte er das Vollmaß seiner Kräfte so empfunden.

Jetzt kniete er in Demut an dem Bette seines Weibes, die seine beiden Hände in den ihren hielt; er hatte lange zu ihr gesprochen, und sie hatte schweigend zugehört.

Nun, als auch er schwieg, bewegte sie leis verneinend ihren Kopf. »Gesündigt? Du an mir gesündigt?« frug sie, seine letzten Worte wiederholend. Und als er sprechen wollte, entzog sie ihm die eine ihrer Hände und legte sie auf seinen Mund: »Ich weiß es besser, Rudolf: du hattest mich zu lieb, du hast mich nicht verlieren können! Nein, sage nur nichts anderes; du hast noch immer nicht gewußt, daß du mich nicht verlieren kannst!« Und da er widersprechen wollte, richtete sie sich auf, und seinen Mund mit ihren Küssen schließend, schlang sie die Arme um seinen Hals und flüsterte wie leidenschaftliches Geheimnis ihm ins Ohr: »Ich glaube, Rudolf, aber Gott wird es verhüten ich könnte noch eine größere Sünde um dich tun!«

Dann, während er, berauscht und wie von Schuld befreit, dies Geständnis seines schönen Weibes noch in seiner Seele wog, hatte diese, von leichter Schwäche überkommen, sich zurückgelegt; nur ihr Antlitz wandte sich nach dem des Mannes, und eines alten Reims gedenkend und wie in seliger Stille ihre Augen in den seinen lassend, sprach sie leise und doch mit dem lichten Vollklang ihrer Stimme:

Was Liebe nur gefehlet,
Das bleibt wohl ungezählet;
Das ist uns nicht gefehlt.

Dann wurde es stille zwischen ihnen; es bedurfte keiner Worte mehr.

Als Rudolf bald darauf durch Geschäfte abgerufen wurde, trat statt seiner die Mutter in das Zimmer. Die Falte, welche der Schrecken jenes Morgens ihrem Antlitz eingegraben hatte, war nicht daraus verschwunden; aber sie schien nur einen früheren Zug der Härte hier verdrängt zu haben, der selbst den Sohn ihr nie völlig hatte nahekommen lassen. Mit aufmerksamen, ja fürsorglichen Blicken betrachtete sie die junge Frau, die in ruhigem Genügen, mit gefalteten Händen vor sich hin sah. Die Entschlossenheit derselben, welche selbst sich gegen sie zu wenden keine Scheu getragen hatte, mochte die Achtung der rücksichtslosen Frau gewonnen, zugleich aber der Umstand, daß die Starke nun selbst hülflos ihrer Hand bedurfte, den daneben aufgestiegenen Groll versöhnt haben.

Behutsam trat sie näher. »Du lächelst, Anna«, sagte sie, indem sie sich zu ihr neigte; »aber du bist sehr blaß! Rudolf ist zu lange bei dir gewesen.«

»Zu lange?« wiederholte Anna; und als ob sie nur die eigenen Gedanken weiterspinne, fuhr sie fort: »Nein, nicht mehr dazu war ich ihm noch nötig Sie irrten doch, Mama er war schon ohne mich genesen! Aber jetzt vielleicht jetzt bin ich doch sein Glück!« Ein Lächeln wie Sonnenwärme breitete sich auf ihrem Antlitz.

Frau von Schlitz nickte schweigend : was redete die da vor sich hin? Ihr Sohn, ihr Kind, das sie mit ihrem Blut getränkt hatte! Wie mit Schlangenbissen fiel ein eifersüchtiges Weh sie an. »Ich irrte, sagst du?« sprach sie strenge, während ihr eine dunkle Glut bis in die Augen flammte; »du brauchst mich nicht zu schonen, Anna; es war nie meine Art, mich zu belügen! Aber dafür dafür« ihre zitternden Lippen rangen vergebens noch nach Worten.

Mit Angst sah Anna in das stumme Antlitz, in dem nur noch die Augen Leben hatten. »Mama! O Mama, was ist dir?« rief sie.

Da gewann die harte Frau die Sprache wieder. »Dafür«, sagte sie langsam, indem das Haupt ihr auf die Brust herabsank, »hast du mich arm gemacht.«

Aber schon hatte, in plötzlichem Verständnis, die unschuldige Feindin ihre Hand ergriffen, und sich sanft darüber neigend, flüsterte sie: »Du mußt mich lieben, Mutter!«

»Muß ich?« Ein finstrer Blick war auf die junge Frau gefallen; dann aber lag sie an der Brust der Mutter, überschüttet von durstiger, ungestümer Liebe: »Ja, ja, mein Kind ich sehe keine andere Rettung!«

Noch hingen die letzten Blätter an den Bäumen, als die still gewordenen Räume des Hauses durch die frisch erstandene junge Frau sich wieder neu belebten: ihr leichter Schritt, ihre frohe Stimme wenn Rudolf sie in seinem Zimmer hörte, so konnte er nicht lassen, seine Tür zu öffnen; ihm war, als ob es dann in Kopf und Kammer heller würde. In fester Pflichterfüllung gingen Mann und Weib zusammen : der Winter nahte; aber vor beider Augen lag die Sonnenlandschaft.

Eines Morgens, als nach Ende des Monats Rudolf die Löhnungslisten zur Revision erhalten hatte, sah er darin auch den Namen jenes jungen Holzschlägers, außer der Lücke von ein paar Tagen, bis ans Ende aufgeführt.

»Klaus Peters?« frug er den alten Andrees, der ihm die Papiere eben von dem Inspektor überbracht hatte. »Ich dächte, der wäre wieder krank geworden?«

Der Waldwärter lachte: »Ein Schreckschuß, Herr Förster; der ist so gesund wie Sie und ich! Die beiden waren in Zank geraten, er und das dumme Weib; er schlug sich grad schon in der Frühe sein bißchen Winterholz, und wie sie nun in der Hitze ihm seine frühere Tollheit vorgerückt, da hat er freilich die Axt nicht fortgelegt, als er um die Kate hinter ihr die Jagd gemacht; nun aber gehen sie schon sonntags wieder Hand in Hand zur Kirche.«

Rudolf nickte zustimmend. »Schickt mir gelegentlich das Weib, Andrees«, sagte er; »ich muß doch einmal mit ihr reden!« Ihn freute dieser Ausgang um des jungen Menschen willen, weiter aber kümmerte auch dies ihn nicht.

Und gleichwohl, als Anna bald danach zu ihm hereintrat, hatte sich ein nachdenklicher Ernst auf seiner Stirn gesammelt: es lag noch eines vor ihm.

Als sie fragend zu ihm aufblickte, zog er sie sanft zu sich heran. »Ich reite heute nachmittag zu Bernhard«, sagte er; »du weißt ja alles, meine Anna; ich möchte warm und offen um des treuen Mannes Freundschaft werben.«

Ein stiller Winter war vergangen; nun wehten am Waldesrande schon die Primeldüfte, seit ein paar Wochen war auch der Graf schon wieder aus der Residenz zurück, um der weiteren Durchforstung seiner Wildnis beizuwohnen. An diesem Morgen aber schritt er neben seinem Schwiegervater, der tags vorher zum Genuß der ersten Frühlingsfrische angelangt war, auf jenem Steige, dem Runensteine vorüber, in den Wald hinein; beide, wie damals im verflossenen Herbste, in angelegentlichem Zwiesprach.

»Aber, mein Lieber«, sagte der alte Herr; »so ist denn der von Schlitz nun doch dein Oberförster; wenn mir recht ist, schien dir derzeit die Musik des jungen Herrn nicht völlig zu gefallen?«

»Ja, ja, derzeit«, erwiderte der Jüngere; »aber es wurde anders, ich war auch selbst wohl etwas ungestüm; er kann doch mehr, als Chopin spielen; du wirst dich wundern, wie weit wir schon mit unserer Wildnis sind!«

»So!« meinte der General, und ein leises Lächeln zuckte um seinen weißen Schnurrbart; »ei der Tausend, da hat dich also dein gerühmter Scharfblick doch einmal im Stich gelassen!«

»Spotte nur, Papa; aber es dürfte dir leicht ebenso ergangen sein!«

Der Alte lachte: »Mir? Das glaub ich; aber ich bin auch nicht mein Tochtermann! Nun aber, was hat es denn gegeben?«

Der Graf blieb stehen: »Du mußt dir schon an einem ›on dit‹ genügen lassen! Also: das Schießen zählt eben nicht zu den Künsten des Herrn Oberförsters gleichwohl, so wird gemunkelt es war damals, um die Zeit deiner Abreise –, soll er doch sein junges Weib getroffen haben.«

»Der Tausend!« sagte wieder der alte Herr. »Und dann?«

»Dann? Ja, das schlägt in dein Fach, Papa! Es gibt ja Leute, die erst tapfer werden, wenn sie Blut gesehen haben; jedenfalls von da ab an datiert die neue Ära. Mir ist nur bange«, setzte er hinzu, »der Staat wird mir den Mann nicht allzulange lassen.«

»Mein Lieber«, erwiderte der General, »ich nehme allen Spott zurück und will nur hoffen, daß die junge Frau –«

»Die Frau, oh, die ist schöner und heiterer als je; am Ende ist auch dieser Schuß nur so ein Stück moderner Sagenbildung. Übrigens glückliche Menschen das, Papa! Erst am vergangenen Montag habe ich mit dem Schwiegervater, dem trefflichen Pastor von da drüben, ihnen den ersten Jungen aus der Taufe gehoben. Selbst mit der alten Gnädigen von Schlitz verstehen sie zu leben, was meinem Schulgenossen, dem Walzerkomponisten, nicht so ganz gelungen sein soll; aber die beiden Jungen sind auch bessere Musikanten.«

Der alte Herr nickte freundlich lächelnd mit seinem weißen Kopfe; dann gingen beide weiter.

Niemand hatte dies Gespräch belauscht, wenn nicht doch der Buchfinke, der gleich danach über der Tür des Forsthauses in dem jungen Grün der Eiche seinen hellen Sang erhob.

Der alte Herr hielt [illegible] Bett.

weiter.

Niemand hatte dies [illegible] nicht [illegible]

[illegible] der [illegible] des [illegible] jungen Gott der [illegible] seinen [illegible]

[illegible]